ハヤカワ文庫 FT
〈FT621〉

最後のユニコーン　旅立ちのスーズ

ピーター・S・ビーグル
井辻朱美訳

早川書房
8994

THE WAY HOME

by

Peter S. Beagle

Translated by
Akemi Itsuji
Published 2023 in Japan by
HAYAKAWA PUBLISHING, INC.
This book is published in Japan by
direct arrangement with
BAROR INTERNATIONAL, INC.
Armonk, New York, U.S.A.

目次

最後のユニコーン　旅立ちのスーズ

二つの心臓

兄さんのウィルフリードは、あんなことがおまえに起こるなんてのは不公平だ、と、言い続けている。おまえは女の子で、小さくて、自分のサンダルのひもさえちゃんと結べないのに。でも、これは公平だ、とあたしは思う。何もかも、そうあるべきであるように、起きたのだ。ちょっと悲しい部分もあるけれど、いや、その部分だって公平なのだ。

あたしはスーズ、九歳。来月十歳になる。グリフィンがやってきた記念日が誕生日。ウィルフリードは、それもあたしのせいだと言う。グリフィンは、世界一みっともない女の子が生まれたと聞きつけて、その子を食べようとやってきた。でも、あたしは、グリフィンにとっても、みっともなさすぎて食べられなかった。だから、グリフィンは〈闇の森《ミッドウッド》〉（あたしたちはそう呼んでいたけれど、木の下は暗いので、真夜中の森《ミッドナイトウッド》というのがほんとうの名前だ）に腰をおちつけて、あたしたちの羊や山羊を食べ続けた。グリフィンはどこかの場所が気に入ったら、そうするのだ。

でも、そのグリフィンは、今年までは、子どもを食べたりしなかった。一度だけ――そう、前に一度――グリフィンが木々の上に、ふたつめの月のようにそびえたっているのが見えた。ただ、もうひとつの月はなかったけれど。世界にはこのグリフィン一頭だけが存在して、金色の羽毛を、獅子《ライオン》の身体《からだ》と鷲の翼の合体した姿の上に輝かせ、歯のように大きな鉤爪《かぎづめ》を見せ、頭にはふつりあいに大きく、まがまがしいくちばしがあった。ウィルフリードは、おまえは三日間泣きわめき続けたよ、と言ったけれど、それは嘘だ。あたしは地下室に逃げこんで隠れたのでもなく、二日間、犬のマルカといっしょに納屋にこもっていただけだ。なぜなら、マルカが、あたしをだれかに襲わせることは絶対にありえない、とわかっていたから。

もちろん、両親だってそのつもりだったと思う。でも、マルカは村で一番大きくたくましい犬で、こわいものがなかった。グリフィンが、鍛冶屋の娘ジェヘーンを襲ったあと、お父さんはすっかりおびえて、みんなとあたふたと村の中を走りまわり、自警団のようなものをたちあげ、グリフィンが来たら、すぐわかるようにしていた。あたしとお母さんのことが心配で、とにかくできることをしてふたりを守ろうとしてくれていたのだけれど、全然、安心できなかった。マルカほどには頼りにならない。

でも、どうしていいか、だれにもわからなかった。お父さんだけでなく、だれにも。グリフィンが羊をさらっていくだけでも痛手だった。このへんの人たちはみな羊毛やチーズや羊の皮を売って暮らしている。だけど、ジェヘーンが去年の春先に襲われて、すべてが変わった。あたしたちは王さまに知らせを――三度――送って、王さまはそのつど人を送ってよこした。最初は、騎士がたったひとり。名前はダウロスで、あたしにリンゴをくれた。歌いながら、グリフィンを求めて〈闇の森〉へ馬を進めていったが、彼の姿を見ることは二度となかった。

二度目――そう、粉屋で働くラウリがさらわれたとき――王さまは五人の騎士をまとめて送ってよこした。ひとりだけは戻ってきたが、何があったか言ってくれる前に、息絶えてしまった。

三度目はまるごと一隊が来た。お父さんはそう言った。ひとつの隊に兵士が何人いるか、あたしにはわからなかったけれど、とにかくたくさんいた。その人たちはまる二日、村のいたるところに天幕を張って、納屋という納屋に馬を入れ、居酒屋では、気の毒なお百姓さんたちのためだ、グリフィンなぞあっというまに片づけてやる、と大口をたたいた。楽師を連れていて、音楽を奏《かな》でながらみんなで〈闇の森〉へ入っていった――のは覚えているが——音楽がやんだのがいつか、そしてそのあとどんな音がしてきたかも、あたしは覚えている。

そのあと、村から王さまに使いを送ることはなくなった。王さまの家来がこれ以上命を落とすのはしのびなかったし、そもそも役に立たないのだから。だからそのあとは、日が沈むやいなや、グリフィンが目覚めて狩りに出るのをおそれて、子どもたちは家の中に逃げこむようになった。みんなで遊んだり、お使いに行ったり、両親のために羊の群れの見張りをしたりすることも、開いた窓のそばで寝ることもなくなった。グリフィンがこわいのだ。あたしは、もうそらで覚えているような本を読み返したり、母さんや父さんに愚痴を言ったりするしかなかった。ふたりはかまってくれるどころか、ウィルフリードとあたしから目を離さないようにするだけで、疲れきっていた。ほかの子どもたちにも目を配って、ほかの家族——や守るべき羊や山羊たち——といっしょにあちこち歩きまわるので、みんないつも、こわがるだけではなく、疲れてもいた。だれにとっても同じ日々だった。

それから、今度はグリフィンがフェリシタスをとっていった。

フェリシタスはしゃべることができなかったが、小さいころから、ずっとあたしの親友だった。フェリシタスが何を言いたいか、あたしにはいつもわかったし、あたしのこともだれよりもよくわかってくれて、ふたりして、ほかのだれともいっしょにできないような遊びをした。フェリシタスの家族は娘を〝ごくつぶし〟だと思っていた。口のきけない娘をお嫁にもらってくれる若者はいないだろうからと、いつもあたしたちのところでごはんを食べさせていた。

　ウィルフリードは、フェリシタスが唯一出すことのできる、かすれたアヒルの声をいつも馬鹿にしていたけれど、あたしが石をぶつけてやってからは、ぱったり止めた。

　現場を見たわけじゃないけれど、頭の中にははっきりと映る。フェリシタスは外へ行ってはいけないことはわかっていたけれど、夕方あたしのうちに来るのをとても楽しみにしていた。フェリシタスのうちの人はだれも、娘が出ていったのに気づかなかったと思う。そもそもフェリシタスにろくに目をかけていなかったのだから。

　フェリシタスがいなくなったことを知った日、あたしは自分で王さまに会いに出かけた。そう、日というより夜だ――昼ひなかにうちや村から出てゆけるチャンスはなかったから。ほんとうのところ、あたしは自分が何をしたのかよくわからない。わかっていたのは、おじさんのアンブローズが、ハグスゲイトの市場が開く前にそこへ着こうと、暗いうちに羊の皮を荷馬車に積みこんでいたこと。アンブローズおじさんとあたしは大の仲良しだったけれど、王さまのところへ連れていってくれと頼めないのはわかっていた。おじさんがお母さんのところへ直行し、この子に硫黄《サルファ》の塗り薬と糖蜜をやり、からしの軟膏を貼って、寝かしつけてくれ、と言うのが目に見えていた。おじさんは自分の馬にさえ、硫黄と糖蜜をやるのだ。

それであたしは、その夜早めにベッドに入り、みんなが寝静まるのを待った。枕の上に置き手紙をしていきたかったが、何度も書いては、紙を破って、暖炉に投げこんだ。だれかが起きだしたり、アンブローズおじさんがあたしより先に出発したりしたら、困る。最後に〝じき帰ります〟とだけ書いた。着替えも何も持たず、チーズのかけらだけを持った。王さまはハグスゲイトの近くに住んでおられるはずで、そこはたったひとつあたしの見たことのある大きな町だから。母さんと父さんは部屋でいびきをかいていたが、ウィルフリードは暖炉の真ん前で眠っていた。兄さんがそうすると、両親はほうっておくのだ。揺り起こして、自分のベッドへ行くよう言ったら最後、あばれて大声を出すから。なぜだかわからない。

あたしは立ったまま、これ以上はなかったほど長いこと兄さんを見下ろしていた。ウィルフリードは眠っているときには、それほどいじわるそうには見えない。母さんは明日のパンが焼けるよう暖炉に灰殻をちゃんと積み上げていて、父さんのモグラ皮のズボンをその上にかけて乾かそうとしていた。お昼に子羊を助けようとして、ため池に足をつっこんでしまったのだ。あたしはズボンが焦げないよう、少し場所をずらした。時計のねじを巻いて――ウィルフリードは毎晩そうするよう言われていたのに、忘れるので――巻いてやろうと思ったが、朝、みんながあたしを探しまわるとき、時計がカチカチいっているのを聞いて、ごはんが喉を通らないほどこわがるだろうと思った。それで自分の部屋に戻ろうとした。

　でも、そのときあたしはまた向きを変えて、台所の窓にのぼって外に出た。玄関の扉はひどくきしむからだ。それに、マルカが納屋で目を覚まして、あたしが何かをくわだてたことに気づいたら、どうしようと思った。マルカの目だけは、ごまかせたためしはない。それであたしは息を止めたまま、アンブローズおじさんの家まで走り、羊の皮を積んだ荷馬車の中にもぐりこんだ。寒い晩だったが、羊の皮を積み上げた下はあたたかくて、くさかった。アンブローズおじさんが来るまで、じっと寝ているしかなかった。それであたしはフェリシタスのことだけを考え、家のみんなを置いていくつらさを考えまいとした。ひどい気分だった――あたしは身近な相手を、それも永久に、なくしたことはなかった――が、それはまた別の話だ。

　アンブローズおじさんがいつ来たのか、わからない。荷馬車の中でまどろんでいて、気がつくと、ガタン、ゴトン、と音がして、馬が眠いのに起きなければいけないときに出すゆるいうなり声が聞こえて――ハグスゲイトへの道中だった。月は早々と沈みかけていたが、村は光の中で銀色に見えるというよりも、何にも色がないまま、小さく平凡にゴトゴトと過ぎ去っていった。同時に、あたしは涙が出そうになった。もう何もかもがはるか彼方になったように思えたからだ。まだため池さえ通りすぎていないのに、二度とそれを目にすることはないかも、と感じた。緊急事態だとわかっていなかったら、その場で荷馬車から下りてしまったかもしれない。

　グリフィンがまだ上空で獲物をねらっていた。もちろん羊の皮をかぶっていたから、あたしの目には見えないが、グリフィンの翼はたくさんのナイフがいっせいに研がれているような音をたて、ときに鳴き声もした。それが恐ろしいのは、やわらかくかすかで、そして少しばかり悲しくおびえているようで、フェリシタスが襲われたときにあげた声をまねているようだったから。あたしはできるだけ深く身体をのめりこませ、もう一度眠ろうとしたが、眠れなかった。

　それがよかった。どうせ、ハグスゲイトまで乗っていけば、アンブローズおじさんが市場で羊の皮を下ろすときに見つかってしまうはずだ。だからもうグリフィンの声が聞こえなくなった（グリフィンはなるべく巣から近いところで餌を探す）とき、あたしは荷馬車の後ろ板ごしに頭を突き出し、空が白むにつれて、星がひとつずつ淡くなってゆくのを見ていた。月が沈むにつれ、朝風が吹いてきた。

車がガタガタ揺れなくなったとき、〈王の街道〉に入ったのだとわかった。牝牛たちがもぐもぐやり、お互い低く鳴きかわすのが聞こえてきたとき、あたしは地面に下り立った。少しのあいだそこに立って、毛羽や羊毛を払い落としながら、アンブローズおじさんの車が遠ざかってゆくのを見ていた。うちからこれほど遠いところへ、ひとりだけで来たことはなかった。ひとりで、というか、心細いよるべない思いで。風が足首に、乾いた草を吹き寄せたが、どっちへ行けばいいのか、わからなかった。

王さまは名前さえ知らない――だれも王さまとしか呼ばなかった。ハグスゲイトではなく、近くの大きな城に住んでいるのは知っていた。〝近く〟というのは、歩くのではなく、荷馬車に乗ってきたときには、また違う意味になる。家族が目を覚まして、あたしを探しているだろう、という考えは頭を離れなかったが、牝牛たちが草を食《は》む音でお腹が空いてきて、でもチーズは車の中でぜんぶ食べてしまった。一ペニー硬貨でもあれば――何かを買うためではなく、投げあげて、左か右か、どっちへ曲がるかを決めるためだ。平たい石でやってみたが、石が落ちたとき、どこへ行ったかわからなくなった。最後にあたしは、これといった理由もなく、ただ左手に母さんからもらった小さな銀の指輪をはめていた、というだけで左へ向かうことにした。そこには小径のようなものもあったので、ハグスゲイトを迂回したあとで、どうすればいいか考えようと思った。あたしは足がじょうぶだ。

時間さえあれば、どこへでも歩いてゆける。

　ただ、ちゃんとした径であるほうが楽だ。小径はしばらく進むと消えてしまい、押しせまってくる木々の間を縫うように進み、それから蔓《つる》のような茨の中を通ったので、髪の毛に棘《とげ》が山ほどついて、両腕がひりひりし、血が出てきた。疲れて汗もかいたし、泣きたく——なる一歩手前まで行き——適当に座ると、虫だのなんだのが這いあがってくる。そのとき近くにせせらぎの音がし、すぐに喉が渇いてきたので、そっちの方角に行こうとした。あらかたは這っていったので、膝や肘がこすれてひどいありさまになった。

　それほどの流れではなく——あちこちで流れは足首の上まで来るか来ないかだった——が、目にしたらうれしくて、実際に抱きつくようにキスし、顔をその中にざぶりとうずめた。なつかしい匂いのするマルカの毛皮に顔をうずめるように。これ以上飲めないほど飲み、それから石の上に座って、小魚が気持ちよく、冷たい足にたわむれるのにまかせ、お日さまが肩を照らすと、グリフィンのことも王さまのことも家族のことも、何もかもどうでもよくなっていた。

　少し上流で馬たちがいななくのが聞こえて、顔をあげた。馬らしく水とたわむれ、子どもみたいに泡を吹きだしていた。貸し馬車屋の馬なのか、一頭は茶色っぽく、もう一頭は灰色がかっていた。灰色のほうの乗り手は鞍《くら》から身をのりだして、左の前足をしらべていた。こっちからはよく見えない――ふたりともありふれた深緑のマントを着て、色がわからないほどすりきれたズボンをはいている――ので、声を聞くまで、ひとりが女の人だとはわからなかった。低くてシルキー・ジョアン――とは母さんが話に出したがらない女の人だけれど――のように気持ちのよい声だが、その気になったら鷹《たか》のように叫ぶことのできそうな、ちょっと荒っぽい響きもあった。「石がはさまっているようには見えないけど。棘が刺さったのかしら」

　茶色の馬に乗った相手の男が、答えた。「けがかもしれない。見せてくれ」

　その声は女の人よりも軽くて若々しかったけれど、すごく背が高かったので、男の人だとわかった。茶色の馬を下り、女の人は場所をよけて、自分の馬の蹄《ひづめ》を見てもらった。彼はそれをする前に、馬の頭を両側からはさみ、何か言ったけれど、あたしには聞こえなかった。すると馬が何かを答えかえした。いななきやうなり声のような、馬らしい声ではなく、人が人に話しかけるような声。背の高い男の人は、身をかがめ、蹄を手にとって、長いことじっと見ていたが、馬は身動きもせず、しっぽをふったりも何もしなかった。

「石のかけらだね」しばらくして男の人が言った。「すごく小さいけれど、蹄に深く刺さっていて、膿みはじめてる。どうしてぼくは、すぐに気づかなかったんだろう」

「そりゃ、あんただってぜんぶお見通しってわけにはいかないわ」女の人が、その肩に触れて言った。

背の高い男の人は自分に腹をたてているようだった。父さんが、牧場の門をちゃんと閉めるのを忘れていて、おかげでお隣さんの黒い牡羊が入りこみ、あわれなばあさん羊とけんかになったときに、見せるような顔だ。「見通せるんだ。そのはずなんだよ」と言って、馬に背を向けると、鍛冶屋のようにその前足の上にかがみこみ、何かしはじめた。

何をしているのか、あたしにはよく見えなかった。鍛冶屋のような、つるはしみたいな道具は持っていなかったし、あたしにはっきりしていたのは、彼が馬に歌いかけていた、ということだけだ。でも、それはちゃんとした歌のようでもなかった。子どもがひとりきりで泥んこ遊びをしているときに、その場で作り上げる鼻歌のようだった。音程もなく、ただ上がったり、下がったり、ディーダー、ディーダー、ディー……と続いて、馬でさえ退屈しそうだった。彼はそれを長いことずっとやっていた。手の中に入れた蹄の上にかがみこんで。突然歌いやめて、立ち上がり、何かをさしあげると、せせらぎが日光にきらめくようにそれが光った。彼はまず、それを馬に見せてやった。「ほらね。ほら、これだ。さあ、もう、だいじょうぶだよ」

と、それを投げすて、また蹄を持ち上げ、今度は歌わずに、一本指で軽く触れて、何度もなでさすった。それから蹄を下ろすと、馬はもういっぺん力強く足を踏みしめ、いなないた。背の高い男の人は、女の人のほうをふりかえって言った。「ここで野宿だな、どっちにせよ。馬は疲れてるし、ぼくは背中が痛い」

女の人は笑った。深くて、甘くて、ゆっくりした響きだった。そんなふうな笑い方を聞いたのは初めてだった。

「この世で一番の魔術師なのに、背中が痛いの？　あんたは木が倒れてきたとき、わたしの背中を治してくれたんだから、自分で治したら。たった五分しかかからなかったのに」

「それよりはかかった。きみは朦朧《もうろう》となっていたんだよ。覚えていないだろうけれど」彼は女の人の髪に触れた。ほとんど灰色だったけれど、ゆたかできれいだった。「ぼくのつもりはわかっているだろう？　まだまだ人間でいたいから、自分に魔術を使いたくないんだ。何かがだめになる――感覚が鈍くなる。そう言っただろ？」

「ふうん」母さんがそんなふうな声を出すのは千回も聞いた。「わたしは生まれてからずっと人間をやってるし、ときに……」

言い終える前に、男の人は笑って、からかうような調子で言った。「ときに？」

「なんでもない。なんでもないわよ」ちょっといらだったようだが、両手を男の人の腕にかけ、違う声音で言った。「ときに――そう朝早く――風が見も知らない花の香りを持ってきて、霧のおりた果樹園で鹿が遊んでいて、あくびをしたりもぐもぐ言ったり、頭を掻《か》きながら、夜になる前に雨が降るな、いや雹《ひょう》かもと言ったりするとき。そういう朝にはわたしたちふたりとも永遠に生きられたら、と、心から思うんだけど、それをあきらめるなんて、あんたは大馬鹿よ」また笑ったけれど、今度の笑い声は少しかすれていた。「そのときわたしは、思い出したくないことを思い出して、胃がむかむかして、ほかのありとあらゆることが、わたしをさいなみはじめる――どんな考えかも、なぜ苦しいのかも、それが身体なのか頭なのか、心なのかもわからない。そんなとき、思うの。違う、そうじゃないはずよ」背の高い男の人は両腕で女の人を抱いて、つかのま女の人はその胸に頭をあずけた。そのあとは、あたしにはもう聞こえなかった。

　自分では音をたてたつもりはなかったのに、男の人は少し声を高めて、こっちを見るでもなく、頭をあげるでもなく、こう言った。「おじょうちゃん、食べるものならあるよ」最初は動けなかった。こわかった。茂みやハンノキの木立の向こうから、こっちが見えたはずはない。そのときあたしは、お腹がぺこぺこなことを思い出し、何をしているかもわからずに、ふたりのほうへ向かっていった。足もとを見下ろして、まるで他人の足のように動いているのを見つめた。足もお腹がぺこぺこで、あたしを食べ物のところへ連れていかなければならないかのように。男の人と女の人はじっとしたまま、あたしを待っていた。

　近くへ行ってみると、女の人は声よりは若く、背の高い男の人のほうは声よりは年がいっているようだった。ううん、違う、そうじゃない。女の人は全然若くはないのに、灰色の髪のせいで顔が若く見え、しゃっきり背筋をのばしていて、村の女の人が子どもを生むときにやってくる女の人を思わせた。その人の顔はこわばっていて、あたしはあんまり好きじゃなかった。ここにいる女の人は、顔はきれいじゃなかったけれど、寒い夜によりそいたくなるような顔だった。そうとしか言いようがない。

男の人は……一瞬、父さんより若く見えたが、次の瞬間、だれよりも年を取っているように見えた。つまり、それほど年を取った人はいない、という感じだ。白髪はなかったけれど、しわはたくさんあって、でも、そのせいじゃない。目だ。目は緑、緑、そう、草のような緑じゃなく、エメラルドのようでもなく——エメラルドは一度、ジプシーの女の人に見せてもらった——リンゴのようでもライムのようでも、そういうもののどれにも似ていなかった。海のよう、と言えるのかもしれない。あたしは海を見たことがないからわからないけれど。森（〈闇の森〉ではなくて、まったく別のたぐいの森）の奥深くまで入っていったら、そのうちに影さえも緑であるような場所にたどりついて、彼の目はそんなぐあいなのだ。最初、その目がこわかった。

女の人は、あたしに桃をくれて、お腹が空きすぎて、お礼を言うこともできずに、あたしがかぶりつくのを見ていた。「おじょうちゃん、ここで何をしてるの？　道に迷ったの？」

「違う」口いっぱいにほおばりながら言った。「ここがどこだかわからないの――迷子じゃなくて」ふたりは笑ったが、それはいじわるな、馬鹿にするような笑いではなかった。あたしは言った。「あたしはスーズっていうの。王さまに会いにゆくの。この近くに住んでるんでしょ」

　ふたりは顔を見合わせた。ふたりが何を考えているのか、わからなかったけれど、男の人が眉をあげ、女の人は少しゆっくり首をふった。ふたりは長いこと見つめ合っていたが、やがて女の人が言った。「そうね、そんなに近くじゃないけど、遠くでもないわ。わたしたちも王さまに会いにゆくところだったの」

「よかった。ああ、よかった」あたしはふたりと同じような、大人っぽいしゃべり方をしようとしたが、難しかった。ふたりがあたしを王さまのところへ連れていってくれるとわかって、すごくほっとしていたからだ。「なら、ごいっしょするわ」

　女の人は、あたしがしゃべる前に、首をふった。男の人に「それはだめよ。あそこがどうなってるのか、わからないもの」と、悲しそうに言ったが、気持ちは固まっているようだった。「おじょうちゃん、あんたのせいじゃないわ。王さまはいい方で、昔からの知り合いだけれど、時間がたっているし、王さまというものは変わってしまうのよ。ふつうの人が変わるよりも、王さまは大きく変わるの」

「王さまに会わなきゃいけないんです。あなたがたはご勝手に。でも王さまに会うまでは、うちに帰りません」桃を食べ終わったところに、男の人が干し魚をひとかたまり渡してくれて、あたしがかぶりつくと、女の人に笑顔を向けた。そして静かに言った。「どうやら、きみとぼくも、冒険に連れていってほしいと頼んだ覚えがあるぞ。きみがどうだったかはともかく、ぼくは連れてってくれ、と頼んだ」

でも女の人は頑固だった。「この子をすごく危ない目に遭わせることになるかもしれない。そんな危険はおかせないでしょ！」

彼が答えようとしたところへ、あたしがつっこんだ。――母さんなら、あたしをひっぱたいて、台所の半分くらいの距離をぶっとばすだろう。あたしはわめきたてた。「あたしはすごい危険の中から来たんです。グリフィンが〈闇の森〉に棲みついて、ジェヘーンとラウリを――それに大事なフェリシタスを――食べちゃったの」それからほんとうに涙が出だしたが、気にならなかった。ただそこに突っ立って、ふるえ、しゃくりあげて、干し魚を落っことした。ひろおうとしたけれど、泣きじゃくりながらだったので、よく見えなかった。女の人はあたしを止め、スカーフをくれて、目をふかせ、鼻をかませてくれた。いい匂いがした。

「おじょうちゃん」男の人は言葉を続けた。「おじょうちゃん、そんなに向きになりなさんな。われわれはグリフィンのことは知らないんだ」女の人はあたしをわきに抱きかかえ、髪をなでつけながら、あたしがこんなふうにわめきちらしたのは彼のせいだと言わんばかりに、彼をにらみつけた。「もちろん、連れていってあげるよ、いい子だから——さあ、もうだいじょうぶ。連れていってあげるからね。グリフィンはおっかないけれど、王さまならどうすればいいかご存じ。王さまは朝ご飯のおやつにグリフィンを召し上がる——それをオレンジマーマレードでトーストに塗りつけて、ごくりと呑み込んでしまう。ほんとだよ」そんな馬鹿な話が続くあいだに、あたしは少し気分がよくなり、男の人は泣かないでくれよ、とあたしに頼み続けた。やっと泣き止んだのは、彼がポケットから大きな赤いハンカチを出し、ひねって結んで鳥の形にし、そのまま飛ばしてしまったときだ。アンブローズおじさんはコインや貝殻で手品をするけれど、こんなまねはできない。

男の人の名前はシュメンドリック。いまでも、あんなへんな名前にはお目にかかったことがないと思う。

女の人はモリー・グルー。馬のことがあるから、すぐには出発しないで、その場で野宿することにした。あたしはシュメンドリックが魔術で何かしてくれると思ったけれど、ただ火をおこして、毛布を取り出し、ただの人のようにせせらぎから水を汲んできただけだった。そのあいだに女の人は馬をつないで、草を食ませた。あたしはたきぎを集めた。

王さまの名前はリーアで、王さまになる前の、うんとお若いときにふたりと出会ったのだと言う。「ほんとうの勇者。ドラゴンを退治し、巨人をやっつけて、乙女たちを救い、とんでもなく難しい謎を解ける人。一番の勇者かもしれないわ。だってとてもいい人だから。勇者がいい人じゃないこともあるからね」

「でも会いにいきたくなかったんでしょ。なぜ？」あたしはきいた。

モリーはため息をついた。いっしょに木の下に座って、夕陽を眺めていたら、モリーはあたしの髪から何かを払い落とした。「王さまは、もう年を取ったのよ。シュメンドリックは時間をうまく理解できない——長い話だから、いつか話してあげるね——ので、リーアが昔とは別人かもしれないことがわからない。残念な再会になるかもしれない」モリーはあたしの髪を編んで頭に巻きつけはじめ、じゃまにならないようにしてくれた。「スーズ、わたしは旅のはじめから、あまりいい予感がしていなかったの。でも彼が、リーアはわたしたちを求めている、と思いついたので、こうなったわけ。彼は思いこんだら、てこでも動かないの」

「よき妻は夫と言い争わないって、母さんは言うの。だんなさんが外出するか、眠るかするまで待ってれば、あとは好きにできるって」

モリーはゆたかで少しおかしな、喉の深いところで鳴るような独特の笑い声をあげた。

「スーズ、あんたと知り合ってまだちょっとだけど、いまは手持ちのお金を——シュメンドリックのありがねも——ぜんぶ賭けてもいいけど——あんたはだれが相手であろうと、絶対に新婚の夜から言い争いをするわ。

それにシュメンドリックとわたしは結婚していないの。いっしょにいるだけ。もうずっと長いこといっしょにいるの」

「ああ」あたしは言った。こんなふうにいっしょにいる人たち、モリーが言ったような間柄でいっしょにいる人たちを見たことはなかった。「でも、結婚しているように見えるわ。それに近いんでしょ」

モリーの顔は変わらなかったが、腕をあたしの肩にまわして、一度ぎゅっと抱きしめた。耳もとでささやいた。「彼が世界最後の男でも、わたしは結婚しないわ。彼、ベッドで野生のラディッシュを食べるの。むしゃ、むしゃ、ばりばりって一晩じゅう」あたしがくすっと笑うと、せせらぎで鍋を洗っていた男の人はこっちを見た。夕陽の最後の光を受けて、緑の目は若葉のように明るく輝いていた。片目があたしにウィンクし、あたしにはそれが、暑いときにそよ風がふわっと来るようなぐあいに感じられた。

それから、彼はまた鍋をこすりにかかった。

「王さまのところまでまだ遠いの？」あたしはモリーにきいた。「そんなに遠くじゃないって言ったよね。あたしがいないあいだに、グリフィンがだれかを食べるんじゃないかと、心配なの。早くうちに帰らなきゃ」

モリーはあたしの髪を編み終えて、後ろからちょっと引っ張り、頭を起こさせ、自分の目を見つめさせた。シュメンドリックの目が緑なのと同じくらい、その目は灰色で、気分によって暗い灰色になったり、明るくなったりするのは、もうわかっていた。「リーア王さまに会ったらどうなると思う、スーズ？」と、返してきた。「王さまに会おうと思って旅に出たとき、どうしようと思ってた？」

あたしはびっくりした。「ええと、王さまに村までいっしょに来てもらうつもりなの。王さまがこれまで送ってよこした騎士はみんなだめだったから、王さまご自身でグリフィンをなんとかしてもらわなきゃって。だって王さまでしょ。それが仕事でしょ」

「そうね」モリーはほとんど聞こえないほどかすかな声で言った。軽くあたしの腕を一度たたいた。それから立ち上がって、ひとりで火のそばに行って座った。まるで火を守っているようだったけれど、そうじゃなかった。

翌朝早く、あたしたちは出発した。モリーは自分の馬の前に、しばらくあたしを乗せてくれたけれど、ときどきシュメンドリックが、傷めた馬の蹄に無理をかけないように、自分の馬の前に乗っけてくれた。彼にもたれると意外に楽だった——あちこち骨ばっていたけれど、それ以外は心地よくやわらかだった。あまりしゃべらなかったが、馬を進めながらずっと歌っていて、どこの言葉かひとこともわからないこともあったし、ときにはあたしを笑わせるために、その場ででっちあげて歌っていた。こんなふうに。

スーズリ、スーズリ、するする話し
ぼくのずるずるをこまらせる
スーズリ、スーズリ、頼むから
ぼくをぐにゅっとしておくれ

彼は魔術らしいことは、何ひとつやらなかったが、たった一度、カラスが馬めがけて急降下してきて——そばに巣はなかったから、ただのいやがらせだと思う——馬がはねおどり、つまずいて、あたしは落ちそうになった。シュメンドリックは、ぎりぎりのところで鞍の上で向きを変え、相手を〝見つめ〟た。すると次の瞬間、どこからともなく鷹があらわれて、カラスを追い払い、カラスは鳴きながら茨の茂みにつっこんでいったが、鷹は深追いはしなかった。あれは魔術だったとあたしは思う。

ちゃんとした街道に出ると、いま通っているところがきれいな風景だとわかった。木立、草地、小さな浅い谷、よく知らない野花におおわれたなだらかな丘。きっと、うちよりもよく雨が降る場所なのだ。羊を、牝牛のように放牧しなくてすむ。羊は、山羊が行くようなところに行けばよくて、山羊はどこにでも行く。村ではそんなふうに暮らしていて、そうするしかない。でもこの土地のほうが好きだ。

シュメンドリックは、昔からずっとこうだったわけじゃない、と教えてくれた。「リーア王の来る前は、ここは何も生えない砂漠で、草一本なかった――一本もだよ、スーズ。この国には呪《のろ》いがかかっているとされていて、ある意味そのとおりだったんだが、そのことは、またいつか話してあげよう」子ども相手に、よく人が言うようなセリフで、あたしはそれがいやだった。「でもリーア王がいっさいを変えた。土地は王さまが来られたことを喜び、王さまが即位すると、花をつぎつぎ咲かせた。それ以来、ずっとこうなのさ。ただハグスゲイトだけは違うが、それはまた別の話」彼の声はハグスゲイトの話になると、ゆるやかになり、深くなった。あたしに話しているんじゃないみたいだった。

あたしは首をひねって、彼を見あげた。「リーア王さまは、あたしといっしょに来て、グリフィンを退治してくれると思う？　モリーは、王さまはもう、お年だから無理だ、と思ってる」あたしはそう口に出すまで、自分もそれを心配しているとは気づかなかった。

「いや、もちろん王さまはやってくださるよ」シュメンドリックはまたウィンクしてみせた。「悩める乙女の頼みには逆らえない。その仕事が難しくて危険なほど、うれしいんだ。もしも、すぐに、きみの村に馬を飛ばしていかないとしたら、それは勇者らしい別の冒険のとちゅうだからだ。ぼくはこれ以上ないほど確信を持ってるが、きみが望みを口に――礼儀正しいお辞儀は忘れちゃいけないが――した瞬間、王さまは大剣と槍をひっつかんで、きみを鞍に抱えあげ、グリフィンめざして砂塵を蹴立てながら走っていくさ。若いときも、年を取っても、それがあの王さま流なんだ」彼はあたしの後ろ髪をくしゃくしゃにした。

「モリーは心配性でね。それがモリー流だ。ぼくらは、それぞれ変わらない」

「お辞儀ってどんなの？」あたしはきいた。いまではわかっている。モリーがやってみせてくれたからだけど、そのときは知らなかった。彼は声は出さず、目だけで笑って、あたしにまた前を向くよう身振りでうながし、歌に戻った。

スーズリ、スーズリ、おもしろい子
ぼくのかかとや靴にもぴったり
スーズリ、スーズリ、
知らせがあるよ

次のシチューのときに結婚

王さまは、若いころ、ハグスゲイトから一日もかからない海ぎわの崖の上の城に住んでいたけれど、城が崩れた——シュメンドリックはどうしてかは教えてくれなかった——ので、ほかの場所に新しくお城を建てたそうだ。残念だ。あたしは海を見たことがなくて、ずっと見たかったのに、まだ見ていないからだ。でもお城も見たことはないから、同じだ。あたしはシュメンドリックの胸にもたれかかって、眠りに落ちた。

あたしたちはモリーの馬の足が治るよう、ゆっくり進んだけれど、蹄がよくなると、残りの道は駆けていった。ふたりの馬は、魔法の馬でも特別な馬でもないようなのに、疲れもせずに何時間も駆けることができ、身体をこすったり、ブラシをかけたりを、あたしがてつだったとき、どちらもほとんど汗をかいていなかった。二頭は人間みたいに横になって寝た。あたしたちの村の馬は立って寝るのに。

それでも、リーア王さまのところまでは、まる三日かかった。モリーが言うには、王さまは崩れ落ちた城が悪夢のような思い出なので、できるだけ海から遠いところに、しかも前とは全然似ていない形の城を建てたそうだ。丘の上にあって、街道を来る人がぜんぶ目に入るけれど、濠《ほり》はなくて武装した衛兵もおらず、城壁に旗が一枚ひるがえっているだけだ。旗は青く、白いユニコーンが描いてある。それだけだ。

　あたしはがっかりした。それを顔に出すまいとしたが、モリーには悟られた。「城砦のようなのを期待していたのね」とおだやかに言われた。「黒い石の塔や旗や大砲や騎士たちがいて、胸壁からはラッパが鳴り響く。残念だったね。あんたの見る最初の城が、あんなので」

「ううん、きれいなお城だと思う」あたしは言った。実際きれいな城で、丘のてっぺんに陽を浴びておだやかに建っている。まわりには野生の花が咲き乱れている。見れば市場もあるし、あたしたちのような平民の小屋が城壁のまわりに寄り集まっていた。いざというとき、安全のために中に入れるように。「こうして見た感じだと、王さまはいい方みたいね」

　モリーは小首をかしげてあたしを見ていた。「スーズ、彼は勇者なの。何を見ても、何を考えてもいいけど、そのことは忘れちゃだめ。リーアは勇者なの」

「わかってます。きっとあたしを助けてくださるのね。絶対に」

　でも、絶対とは思えなかった。居心地がよく人を歓迎しそうなお城を見た瞬間に、その自信がなくなった。

　入るのはかんたんだった。シュメンドリックが一度たたくと、門はすぐ開いて、彼とモリーとあたしは市場を通りぬけていった。いろいろな果物や野菜、つぼや鍋、衣類などが、あたしの村と同じような感じで売られていた。みんな、あたしたちに、手押し車のところに来てものを買ってくれ、と声をかけたが、あたしたちが城へ入るのを止めようとする人はいなかった。両開きの大扉のところにふたりの男がいて、名前を尋ねられ、王さまに会いたいわけをきかれた。シュメンドリックが名乗った瞬間、ふたりはさっと下がり、あたしたちを通したので、もしかしたらほんとうに偉大な魔術師なのかもしれないと思った。今までのところ、ちょっとした手品とちょっとした歌を歌うところ以外は見たことがなかったけれど。ふたりは王さまのところへご案内します、とは言わなかったし、彼も頼まなかった。

　モリーの言ったとおりだ。あたしは、城内は冷たく暗く、貴婦人たちがあたしたちに流し目をくれ、がちゃがちゃと鎧《よろい》を鳴らす大男たちがいるものだと思っていた。でもシュメンドリックについて通りぬけていった廊下には、細長い高窓から陽がさんさんとさしており、そこの人たちはおおむね、あたしたちににっこりうなずいてくれた。石のらせん階段が、見えないところへのぼっている場所にさしかかったので、王さまは塔のてっぺんに住んでおられるのだろうと思ったが、シュメンドリックは階段に目もくれなかった。大広間を通りぬけていくと――そこには牝牛を三頭あぶれるほど大きな暖炉があった！――台所がいくつもあり、食器洗い場や洗濯部屋を通りぬけた先には、別の階段の下にしつらえられた部屋があった。そこは暗かったので、知らなかったら目につかなかったろう。シュメンドリックは扉をたたきはせず、開けという呪文も唱えなかった。ただ外に立って待っていると、じりじりと扉が開いて、あたしたちは中に入った。

　王さまがそこにおられた。たったおひとりで、王さまがそこに。

　王さまのかけているのは玉座ではなく、ありふれた木の椅子だった。ほんとうにせまい、母さんの機織り部屋と同じくらいの部屋だったから、王さまはとても大柄に見えた。シュメンドリックと同じほど背が高かったが、横幅がもっとあった。長いあごひげを胸いっぱいに広げて垂らしても似合う感じだったけれど、父さんくらいの短いひげで、それが真っ白だった。赤と金色のマントをはおり、白髪の頭には本物の黄金の冠がのっていたが、歳末のフェアで賞をとった羊の頭にのせる花冠くらいの大きさしかなかった。年寄りらしい大きな鼻はやさしそうで、大きな青い目は少年ぽかった。でも目は疲れてまぶたは重く、どうやって目を開けていられるのか不思議だった。ときには目をつぶってしまう。この小さな部屋には、ほかにだれもいなくて、王さまはあたしたち三人を知っているけれど、どこでだったかな、という顔で見つめていた。笑みを浮かべようとしていた。

　シュメンドリックが、たいそうおごそかに言った。「陛下、わたしどもはシュメンドリックとモリー、そう、モリー・グルーです」王さまはまばたいた。

「猫をつれたモリー」とモリーはささやいた。「猫を覚えているでしょ、リーア」

「うむ」と王さま。そのひとことを出すのに、ほんとうに長い時間がかかったようだ。

「猫か、もちろん、覚えておる」でも、そのあとは何も言わなかったので、あたしたちはずうっとそこに立ちつくし、王さまは見えないなにものかに向かって、ほほえみ続けていた。

シュメンドリックがモリーに言った。「彼女《あれ》もそんなふうに、自分のことを忘れていてね」声は、前とは違っていた。昔この土地がどんなだったかを、語ったときのようだった。

「そして、あなたはずっと、そなたはユニコーンだ、と彼女《あれ》に言い聞かせておられた」

王さまもそのとき変わった。たちまちその目が澄んで、モリーの目のようにいきいきと輝き、初めてあたしたちのことを見た。低い声で「おお、なつかしいのう」と言うと、立ち上がり、こちらに近づいてきて、シュメンドリックとモリーを腕に抱いた。彼は勇者だったのだと、あたしにはわかったし、いまでも勇者なのだから、これで万事うまくゆくのだ、と思えてきた。ほんとうにうまくゆくかもしれない。

「で、この姫君はどなたじゃ？」あたしをまっすぐに見すえて、王さまは言った。王さまらしい声、深くて力強いが、恐ろしくはなく、意地悪くもなかった。あたしは名乗ろうとしたけれど、声が出ず、そうすると王さまはあたしの前に片膝をつき、手を取った。「余《よ》は悩める姫のお役に立ってきたのじゃ。なんなりと仰《おお》せられよ」

「あたしは姫じゃなくて、スーズです。王さまのご存じないような村から来ました。そこにグリフィンがいて子どもを喰らうんです」たどたどしいが、ひと息で言葉がほとばしった。王さまは笑いもせず、あたしを見る目も変わらなかった。王さまはあたしの村の名前を尋ね、あたしが答えると、「余は存じておるぞ。そこにいたことがある。そこへ戻れるのは喜びじゃ」

王さまの肩の向こうで、シュメンドリックとモリーが顔を見合わせていた。シュメンドリックが何か言いかけたが、そこでふたりとも戸口のほうを見た。母さんくらいの年の、モリーのように胴着とズボンとブーツしか身につけていない、小柄な浅黒い女の人が入ってきたのだ。小さな心配そうな声で言った。「席をはずしておりまして、陛下のお友だちにご挨拶できず、すみませんでした。あなたがたのお名前はうかがうにはおよびません。わたしはリシーン、陛下の秘書官長、通訳者、そしてお守り役でもあります」とリーア王の腕を、うやうやしく大事そうに取り、王を椅子のほうへ連れもどした。

シュメンドリックは一瞬どぎまぎし、立ち直るのに少し時間がかかった。「リーアどのに、そのようなお世話が必要とは知らなかった。特にお守り役とは」

リシーンはかいがいしく王さまの世話をしながら、シュメンドリックのほうを見もせずにこう答えた。「最後に、王さまにお会いになったのはいつですか？」シュメンドリックは答えなかった。リシーンの声はあいかわらず静かだったが、不安そうではなかった。

「時というものは、わたしどもみなに爪をたてるのです。遅かれ早かれ。わたしどもは以前と同じではいられません」リーア王はおとなしく椅子に腰を下ろし、目を閉じた。

シュメンドリックが怒っていること、立っているあいだに怒りがつのってゆくことはわかったけれど、それを外に見せはしなかった。父さんもこんなふうに怒るので、あたしにはわかる。「陛下はこちらの若い方の村に出向いて、襲ってくるグリフィンからひとびとを自由になさるとおっしゃった。明日、ご出発になる」

リシーンがいきなりこちらに向き直ったので、何か叫んだり、みなに命令をくだしたりしはじめるのかと思った。でもそうはしなかった。不満そうでもなく、あせっているようにも見えない。ただこう言った。「それはご無理と存じます、陛下。さような旅にも、さようなお仕事にも、王さまはふさわしい状態ではあらせられない」

「王さまは別のお考えをお持ちだ」シュメンドリックは、食いしばった歯の間から言葉を押し出した。

「そうでしょうか」リシーンはリーア王を指さした。王は椅子の上で眠りに落ちていた。

頭がぐったり垂れ——冠が外れ落ちそうだった——口はゆるく開いていた。「あなたがたは、覚えていらっしゃるとおりの無敵の戦士を探しに見えましたが、見つかったのはくたびれはてたお年寄り。お願いです。あなたがたのがっかりなさるのはわかりますが、でも——」

シュメンドリックがさえぎった。目が燃え上がる、という言い回しがあるが、少なくとも緑の目だけはそれがほんとうにできるのだった。彼はいっそう背が高く見え、リシーンに指を突きつけたとき、この小さな女の人は火がついて燃えてしまうか、または溶けてしまうんじゃないかと、あたしは思った。シュメンドリックの声はあまりにも静かで、それだからこそ、ひどく恐ろしかった。「よく聞くがいい。わたしは魔術師シュメンドリック、これなるリーアどのは昔と少しも変わらず、賢く、力強く、善良で、ユニコーンにこよなく愛されておられる」

その言葉で、二度目に、王さまは目を覚ました。一度まばたきをしてから、椅子の腕木をつかんで、ぐっと立ち上がった。あたしたちではなく、リシーンを見て、言った。「この者たちといっしょに行くぞ。これは余の仕事であり、余の力である。余に力があることを、そなたは見届けるがよい」

「陛下、おやめください。陛下、お願いです」

リーア王は手をのばし、大きな手でリシーンの頭をはさんだ。ふたりのあいだに、心の通い合いがあるのがわかった。「これが余の役目だ。この者と同じく、そなたにもわかっておろう。リシーン、それを忘れるな。余のいないあいだ、ここの世話を頼むぞ」

リシーンがひどく悲しそうな、とほうにくれた顔をしたので、この人のことも、リーア王のことも、何もかも、どう考えていいのか、あたしにはわからなかった。知らないうちにあとずさっていると、やがてモリー・グルーの手が髪にさわった。モリーは何も言わなかったけれど、彼女の匂いがするだけで、ほっとした。リシーンがひどく静かに言った。

「うけたまわりました」

そこで向きを変え、うなだれたまま戸口に向かった。いっさい、こちらを見もせずに通りすぎるのかと思ったけれど、そうはできなかったようだ。戸口で、頭を起こし、シュメンドリックをにらみつけた剣幕がすごくて、あたしはモリーのスカートのひだに顔をつっこんで、その目を見まいとした。リシーンは、かろうじてこう言葉を出した。「王さまのお命はあなたひとりにかかっていますよ、魔術師どの」泣いているのかと思った。大人だから泣き声はたてなかったけれど。

シュメンドリックの答えが聞こえた。知らなかったら、別人かと思うほど、冷たい声だった。「王さまは以前にも亡くなられたことがある。その死よりも——いや、これからの死より、どんな死よりも――ましだ。この椅子で亡くなられるのに比べたら。グリフィンに殺されたとしても、それはお命を救うことになるだろう」扉の閉まる音がした。

　あたしは、できるだけ低い声でモリーに尋ねた。「どういう意味なの？　王さまは亡くなられたことがあるって」でも、モリーはあたしを押しのけ、リーア王のところに行って、前にひざまずくと、手をのばし、その片手を、自分の両手で包んだ。「陛下……王さま……大事なお方。ああ、お願い、お願いだから思い出して」

　老人はふらつきながらも、もう片方の手をモリーの頭にのせ、口の中で言った。「おまえ、スーズ――そういうかわいい名前だったかな、スーズ――もちろん、おまえの村に行くぞ。グリフィンは、リーア王の民をしいたげるために生まれたのではない」どしんと、もう一度椅子に腰を落としたが、モリーの手は放さなかった。青い目を大きく見開き、口もとは少しふるえていた。「が、子どもよ、余に思い出させてくれ。余が――みずからを見失ったとき――彼女《あれ》を失ったとき――には、余がまだあれを探しもとめていること、待っていることを、思い出させておくれ。決してあれを忘れたことはなく、あれが教えてくれたことに背いたこともなかったと。余はこの場所に座って……座って……王とは座っているべきものだからな……だが、心のうち、この哀れな心のうちでは、いつもあれとともに出かけておるのだ」

なんの話なのか、あたしにはわからなかった。でも、今ではわかる。

王さまはそれから、モリーの手を握ったまま、また眠りこんだ。モリーは長いこと、王さまの膝に頭をもたせて座っていた。シュメンドリックは、リシーンがやるべきことをやっているか、王さまの出発に必要な支度を整えているかどうかを、確かめに出ていった。もうすでに騒音や叫び声がして、戦争が起きることは知れわたっているようだったが、だれもリーア王さまのところに来たり、何か話しかけたり、ご武運を祈ります、と言ったりはしなかった。まるで、王さまがそこにはいないかのようだった。

あたしは、うちに手紙を書こうとした。王さまとお城の絵をそえたが、あたしも王さまと同じように眠りに落ち、陽が沈んで、さらに一晩がたつまで眠っていた。目が覚めると、いつ運ばれたのか、ベッドの中にいて、シュメンドリックがあたしを見下ろしていた。

「目を覚まして、立つんだ。きみがこの大騒ぎを引き起こしたんだから――今こそきみが見届けるときだ。王さまはきみのグリフィンを倒しに行かれるのだからな」

あたしは言葉が終わる前に、ベッドから出ていた。「今すぐ？　すぐに出発するの？」

シュメンドリックは肩をすくめた。「お昼までには発《た》ちたい。ぼくは、それまでにリシーンやほかの家来たちを見つけて、ついてくるなと言わなければならないが。リシーンは五十人の武装した兵と、糧食をのせた十二台の荷馬車、指図を運んだり戻したりする伝令の一隊を連れていかせたがっている。それから王国じゅうの藪《やぶ》医者をね」と、ため息をついて両手を広げた。「今日じゅうに出発しようと思ったら、ぼくは大勢を石に変えなければならないかもな」

冗談だろうと思ったが、シュメンドリックに関してはそれもあやしいものだ。「リーア王が従者を山ほど連れてきたら、もうリーア本人はどこにもいない。わかるかい、スーズ？」あたしはかぶりを振った。「ぼくのせいだよ。ここにもっとちょくちょく来ていたら、モリーとぼくが昔知っていたリーア王に戻す手立てがいくつもあったのに。ぼくのあやまち、ぼくのまぬけさだ」

モリーの言葉を、あたしは思い出した。シュメンドリックは〝時間をうまく理解できない〟。その意味はいまでもわからないし、いま言われたシュメンドリックの言葉の意味もわからなかった。「年を取るとそうなるものよ。あたしたちの村には、ああいうしゃべり方のおじいさんたちがいる。おばあさんもひとりいる。ジェネットばあさん。雨が降ると、いつでも泣くの」

シュメンドリックはこぶしを握りしめ、自分の足にたたきつけた。「リーア王はおかしくなっているんじゃないし、ぼけているのでもない。リシーンはまちがってる。王はやっぱり、リーア、リーアのまま変わらない。はっきり言うよ。ただ、この場所、この城で、いっしょに死のうとするほど王を慕う忠実で善良な人たちに囲まれていたから……だから、きみが見たような状況に陥ってしまったんだ」シュメンドリックは一瞬黙ったが、少し身をかがめ、あたしをじっと見つめた。「ぼくがユニコーンの話をしたとき、王さまが変わったのに気がついたかい？」

「ユニコーン？　王さまを愛した、あのユニコーンね。気がついたわ」

シュメンドリックは違う目で、まるで初めて出会ったかのような目で、あたしを眺めた。

「スーズ、ごめん。きみを子どもだとしか思ってなかった。そう。あのユニコーンだ。王さまになってからは、そのユニコーンに会ってはいなかったけれど、そのユニコーンのおかげでいまの彼ができあがったんだ。ぼくがあの言葉、つまりモリーかぼくかがユニコーンの名前を口に出せば——いままで一度もそれをしたことはなかったんだが——名前を出せば、昔の王に立ち返るんだ」彼は一瞬口をつぐみ、それからごく低い声で言った。「もっと昔に、ユニコーンのために、そうしてあげるべきだったんだ」

「ユニコーンに名前があるなんて知らなかった。それに人間を好きになるなんて」

「好きにはならない。今回だけだ」シュメンドリックは背を向けて、足早に歩き去りながら、肩越しにこう言った。「名前はアマルシア。モリーのところへお行き。何か食べさせてくれるよ」

あたしが寝ていた部屋は広くはなく、城の中で格別、由緒があるようでもなかった。村の女村長のカタニアは、だだっ広い寝室を持っていた。娘のソフィアといっしょに遊んだから知っている。でも、あたしの敷いていたシーツには王冠の刺繍があり、ヘッドボードには、白いユニコーンと青い旗の絵が描いてあった。あたしはリーア王ご自身のベッドに寝て、王さまは古い木の椅子で寝ておられたんだ。

あたしはモリーと朝食を食べるどころではなく、最後に王さまを見かけた小さな部屋へ駆け込んだ。

王さまはそこにいたが、まるで別人のようだったので、あたしは戸口で足を止め、呼吸《いき》をおちつけようとした。三人の男が仕立屋みたいに王さまを取り囲んで、甲冑《かっちゅう》を着せようとしていた。綿入りの下着をまず着せ、それから、腕、足、肩にべつべつの部分をかぶせていく。それぞれの名前など、あたしは知らない。男たちは、王さまに兜《かぶと》はかぶせていなかったので、頭がてっぺんから突き出していて、白髪で鼻が大きく目が青かったけれど、まったくこっけいではなかった。巨人のようだった。

王さまはあたしを見てにっこりし、それはうれしそうなあたたかいほほえみだったが、ちょっとこわくもあり、少し不気味でもあった。グリフィンが黒い空で燃えているのを見たときのような気分。それは勇者のほほえみだった。そんなのを見たのは初めてだった。

王さまはあたしに声をかけた。「おちびさん、ここへ来て、余の剣を留めてくれないか。余は名誉に思うぞ」

　男たちはやり方をあたしに教えてくれた。剣帯ひとつとっても、ひどく重く、指から何度もすべり落ちかけ、留め金のほうは手を貸してもらわなければならなかった。剣を鞘《さや》に入れるのはひとりでやったけれど、持ち上げるには両手が要った。鞘にはまったとき、大扉がバタンと閉まるような音がした。リーア王は冷たい鉄の籠手《こて》の片手で、あたしの顔に触れた。「かたじけない、おちびさん。次に剣が抜かれるのは、そなたの村を救うときだ。約束する」

　シュメンドリックがそこへ入ってきて、ひと目見て、そっけなくかぶりを振った。「なんて馬鹿げたいでたちだ……。暑くなって、氷山の上のエビがゆだるほどの天気になったら、着くのに四日、いや五日かかりますよ。グリフィンと対決するまでは、甲冑なんか要らない」みんなは大馬鹿者だとシュメンドリックが感じているのはわかったが、リーア王が、あたしに向けたのと同じようなほほえみを彼にも向けると、口をつぐんだ。

「友よ。余は行く、というか立ち返るのだ。これが余の道だ」

　シュメンドリックが一瞬、小さな男の子のように見えた。でも、言ったのはこれだけだ。

「ご勝手に。ぼくのせいじゃないですからね。少なくとも、兜だけは外してお行きなさい」

　王さまは背を向けて、部屋から出ていこうとしたが、モリーが後ろから近づいてきていた。「ああ、陛下――リーア王さま――あっぱれな！　ご立派でいらっしゃる」まるで、ゼレルダおばさんがウィルフリード兄さんをおだてるときのような言い方だった。兄さんは、ズボンを足にからませたまま、豚小屋に飛びこむような子なのに、ゼレルダおばさんはそれでも、兄さんは最高で、世界で一番賢い子だと考えるのだ。モリーは仕立屋たち――かなんだかわからないが――をかきのけて、わきに押しやり、爪立って、リーア王さまの白髪をなでつけ、こうささやいていた。「彼女《あれ》があなたを見てくれたら」

　リーア王は何も言わず、じいっと彼女を見つめていた。シュメンドリックもわきに寄って、何も言わずに立っていた。でも三人はひとつになってそこにいた。フェリシタスとあたしも、年を取ったらそうなりたいと思っていた。それまで時間があったらだ。

　リーア王はあたしに目を向けて言った。「子どもが待っておるぞ」こうしてあたしたちは故郷に向かって旅立った。王さま、シュメンドリック、モリー、そしてあたしは。

　最後の最後まで、気の毒なリシーンは、リーア王さまに騎士や兵士を連れていくようせがんでいた。いよいよ旅立ったとき、徒歩でこう叫びながらついてきた。「陛下、王さま――だれもお連れにならないのなら、せめて、わたくしを。わたくしをお連れくださいませ」それを聞いた王は馬を止め、ふりかえって、リシーンのところへ戻っていった。馬を下りて、リシーンを抱きしめ、お互いどんな言葉がかわされたか、あたしにはわからなかったけれど、リシーンはそこからは、もうついてこなかった。

　あたしは王さまの元気な黒い牝馬の前にのせてもらって、ほとんどの時間王さまといっしょにいた。うっかりしていると、嚙みつかれたり、蹴られたりするかもしれないと不安だったが、リーア王さまは言った。「この馬がおちつかないのは、何も起きない平和なときだけだから、だいじょうぶだ。ドラゴンが死の煙を噴きだしながら襲ってきて――炎よりも煙のほうが恐ろしいからな――そなたの村のグリフィンが、この馬めがけて舞い降りてきたときこそ、こいつの真価が見られるぞ」いまだに牝馬には気を許せなかったが、王さまのことは好きになっていた。シュメンドリックのように歌を歌ってくれたわけではないけれど、物語を話してくれた。おとぎ話やたとえ話ではなかった。ほんとうにあった話で、それは王さまの身に実際に起こったことだから、ほんとうだとわかるのだ！　こんな話は聞いたことがなかったし、二度と聞けるとも思わない。それは確かだ。

　ドラゴンと戦うさいに心に留めておくべきことを、王さまはもっといろいろ話してくれた。オーク鬼は見かけほど愚かではないこと、雪解けのころに山の池で泳いではならないこと、ときにはトロールとも仲良くなれることなども。王さまは自分の育った父王の城のことを、そこでどうやってシュメンドリックやモリーと出会ったか、それからモリーの猫はおかしなぐあいに耳が曲がっていたことも話してくれた。でもなぜお城が崩れたのか、きいてみると、シュメンドリックと同じく、はっきりとは答えてくれなかった。声はたいそう静かに、遠のいてゆくようだった。「余はものごとを忘れてしまうのだよ。覚えていようとするのだが、忘れてしまう」

　それはわかっていた。王さまはモリーのことをスーズと呼んで、あたしのことは〝おちびさん〟としか呼ばず、シュメンドリックはひっきりなしに、これからどこへ行って何をするかを王さまにしつこくくりかえしていた。でも、それはたいてい夜のことだった。昼間はふつうだった。そして頭が混乱して、心がさまよってしまう（心だけでなく、ある夜、王さまは森にさまよいこんで、とある木に、父親に対するように話しかけていた）ことがあっても、アマルシアという名の白いユニコーンの話を出しさえすれば、王さまはほとんどすぐに正気に返った。たいていそれを口に出すのはシュメンドリックだったが、王さまがあたしの手をつかんで、プーカを見分けるにはどうしたらいいか、なぜ見分けなければいけないかと語りだしたときはあたしが連れ戻した。でも、王さまはユニコーンについてはひとことも言わなかった。

　あたしの村では秋が早い。日中はまだ暑いが、王さまは寝るとき以外は決して鎧を脱がず、大きな青い羽根飾りのついた兜も着けたままだった。夜は寒いので、あたしはモリーとシュメンドリックの間にはさまって寝たが、そうすると四六時中、さかりのついた牡鹿の声が聞こえていた。リーア王の馬にいっしょに乗っているとき、一頭の鹿が馬にいどんできたが、シュメンドリックが牡鹿には魔法としか思えない何かをやってのけた。カラスにしたのと同じだ。でも王さまは笑って、牡鹿に真正面からつっこんでいった。あたしは悲鳴をあげたが、黒い牝馬はためらいもせず、牡鹿はぎりぎりで向きを変え、あっというまに茂みに姿を消した。しっぽをぐるぐると山羊のようにまわし、リーア王自身のようにけげんそうな、夢を見ているようなふぜいだった。

　これで恐怖を乗り越えられたので、あたしは得意になった。でもシュメンドリックとモリーが王さまを叱りつけ、その日一日じゅう、王さまはモリーが警告してくれていたように、あたしを危ない目に遭わせたことを、あやまり続けた。「おちびさんや、おまえを乗せているのを忘れていた。そのことではずっとあやまるぞ」と、前にも見た、すてきで、凄みのある勇者の笑みをあたしに向けた。「ああ、おちびさん、余は思い出すぞ」その夜、王さまはさまよい出て迷子になったりしなかった。代わりにいっしょに火のそばに座って、キャプテン・カリーという山賊の冒険について長い歌を歌った。その人のことは聞いたことがなかったけれど、ほんとにいい歌だった。

四日目の午後おそく、あたしの村に着いた。シュメンドリックは馬を乗り入れる前に、あたしたちを止めた。あたしに直接こう言った。「きみが、王さまご自身がいらした、と言ったら、大騒ぎと喜びとお祝いであふれかえって、だれもおとなしく寝ようとしないよ。きみは、リーア王の最高の騎士をお連れした、その騎士は一晩お祈りと黙想で身を清めてから、グリフィンに立ちむかうのだ、と言ってくれ」それから彼はあたしのあごをとらえて、ひたすら緑色そのものの自分の目に見入らせた。「ぼくを信じてくれないか。ぼくはいつでも自分が何をしているかわかっている――それが問題なんだ。村の人たちに、ぼくの言ったことを伝えて」それからモリーがあたしに触れて、何も言わずにじっと見つめたので、これでいいのだ、とあたしにはわかった。

村はずれに一行を野営させて、あたしはひとりでうちに帰った。マルカが最初に飛んできた。サイモンとエルシーの酒場に着く前に、匂いをかぎつけ、走ってきて、足の間に身体をつっこんであたしをひっくり返し、二本の前足で肩を押さえつけ、ぺろぺろと顔をなめるので、とうとうしかたなくその鼻を押しのけると、マルカはあたしを放し、いっしょに家まで走ってきた。父さんは羊の群れといっしょに出かけていたが、母さんとウィルフリード兄さんがいて、あたしを絞め殺すほど強く抱きついてきて、わんわん――いまいましい馬鹿なウィルフリードも――泣いた。みんな、あたしまでグリフィンにさらわれて喰われてしまった、と信じていたのだ。それから母さんは泣き止んで、アンブローズおじさんの荷馬車にこっそり乗り込んだと言って、あたしをひっぱたいたが、そこへ父さんが入ってきて、もう一度ひっぱたかれた。でも、あたしは平気だった。

　あたしはリーア王さまにじかに会って、お城に泊まった話をし、シュメンドリックが言えと言ったとおりの話をしたが、だれもそんなに喜ばなかった。父さんはどさりと腰を落として、ぼやいた。「ああ、またご立派な戦士が、わしらを救いにみえて、グリフィンの餌食になるのかね。王さまみずからが、ここにお見えになるなんてことはあるまいて。くそいまいましい」母さんはウィルフリードとあたしの前で、そんな汚い言葉を使ったと言って、父さんをとがめたが、父さんは続けた。「昔なら、こういう村や、わしらのような民のことをお気にかけられたかもしれんが、もはやお年だ。お年を召した王さまは、だれがあとを継ぐかしか頭にない。そんなもんなのさ」

　あたしは、リーア王さまがここに、戸口から半マイルもないところにおられる、と、とにかく言ってやりたかったけれど、言わなかった。シュメンドリックに言うなと言われたからだけではない。王さまがどんなふうにひとびとの目に映るか、白髪でよたよたし、始終ぼんやりしてしまう人が、父さんのような人の目にどう映るか、不安だった。その点に関しては、あたしも不安だった。おもしろいお話を聞かせてくれた、愛すべき上品なおじいさんだとは思うが、その人が馬に乗って〈闇の森〉に入っていってグリフィン――すでに強い家来の騎士たちを何人も喰らっているグリフィン――と戦うところを想像しようとしても、はっきり言って、無理だった。もくろみどおり、ここまでお連れした今になって、これでは王さまをむざむざ殺させるようなものだ、と、にわかに心配になってきた。もしそうなったら、あたしは絶対に自分を許せない。

　あたしはその夜、あの人たち、シュメンドリックやモリーや王さまと、ものすごくいっしょにいたかった。外でいっしょに横になり、その話に耳を傾けられたら、夜が明けたときこんなには不安じゃないだろう、という気がした。でももちろん、そんな機会はなかった。家族は顔を洗うひまもくれないほど、あたしから目を離さなかった。ウィルフリードもあたしについてまわり、お城についてきりもなく質問し続けたし、父さんにはカタニアのところに連れてゆかれて、一から話をくりかえす羽目になったし、カタニアは、王さまが今度はだれを送ってよこしたにせよ、今までとどうせ同じ結果になるだけだと言い、父さんと同意見だった。母さんは食べるものをつぎつぎに出しては、あたしを叱ったり抱きしめたりをくりかえしていた。それから夜になると、グリフィンが、狩りのとき特有の低く孤独な恐ろしい声をあげるのが聞こえた。だからあたしは、いろいろあったうえに、それもあってあまり眠れなかった。

でも夜明けに、ウィルフリードが山羊の乳をしぼるのをてつだったあと、あたしはマルカがお供についてくるという条件で、野営地に行くのを許してもらえた。マルカがついてくるのは、母さんがついてくるのと同じようなものだ。モリーは、もうリーア王に鎧を着せはじめ、シュメンドリックは、まるでいつもの旅先に出かけるかのように、淡々と昨夜の食事の残りを埋めていた。三人がおはようと言い、シュメンドリックは、あたしが言ったとおりにしてくれたと言って感謝した。おかげで大仕事の前に、王さまはゆっくり眠れて……

　あたしは最後まで言わせなかった。まさか、自分がそんなことをするとは思ってもみなかったのに、リーア王さまのところへ走っていって、両腕を投げかけ、「行かないで！　気持ちが変わりました、だから行かないで」と言っていた。リシーンと同じように。

　リーア王さまはあたしを見下ろした。そのときは木のように背が高く見え、鉄の籠手であたしの頭をとてもやさしくたたいた。「おちびさん、余はグリフィンを倒さねばならん。余の仕事なのだ」

　確かにあたしがそう言ったのだ。何年も前のことのような気がするが、おかげでもっと気分が悪くなった。あたしはもう一度言った。「気持ちが変わったんです。グリフィンとは他の人が戦えばいいから。王さまは行かないで！　お帰りになって！　お帰りになって人生を楽しんで、王さまとしてのあれこれを……」あたしはろれつがまわらず鼻をぐすぐすいわせ、赤ん坊のようなことを言っているのは、自分でもわかっていた。ウィルフリードに見られていなくてよかった。

リーア王さまは片手であたしをよしよししながら、もう片手で押しやろうとしたが、あたしは動かなかった。どうやら王さまの剣を鞘から抜いて、取り上げようとしていたような気がする。「いや、だめだ、おちびさん。おまえはわかっておらぬ。王にしか殺せない怪物というものがおるのだ。昔からそれは知っていた――だから、気の毒な騎士たちを代わりに送って、命を落とさせてはいけなかったのだ。国じゅうでおまえと村のためにグリフィンを殺せるのは余だけだ。今となっていよいよはっきりしたが、これは余の仕事なのだ」王さまはあたしの手にキスした。たくさんの女王さまの手にそうしてきたようなしぐさで、あたしの手にも、女王さまと同じようなキスをしたのだ。

モリーが近づいてきて、あたしを引きはがした。ぎゅっとあたしを抱きしめ、髪をなでて言った。「スーズや、もう王さまは引き返すことができない。あんたも引き下がれない。この最後の大義をもってくるのが、あんたの運命だったのよ。それを受け入れるのも王さまの運命だから、王さまもあんたも、違った自分になって、違ったふるまいをすることはできなかったのさ。だから今こそ、王さまと同じようにあんたも気をしっかり持って、すべてを見届けるんだよ」そこでふっと口をつぐんで、こう言い直した。「いや、あんたはどうなったかを知るには少し待たなければならないね。なぜなら、あの森へ、わたしたちといっしょに入るわけじゃないから」

「いっしょに行く。止めてもむだよ。だれにも止められないわ」あたしはもう鼻をぐすぐすいわせてはいなかった。ただ、そう言ってのけたのだ。

モリーは腕をのばしてあたしをつかみ、ちょっとゆすぶった。「スーズ、親御さんからお許しが出たのなら、いっしょに来てもいいけど。そうなの？」

あたしは答えなかった。もう一度、少し軽めにゆすぶられた。「悪かったわ。ごめんね。初めて会った日から、あんたが絶対に嘘をつけない子だとわかっていたよ」と、両手で、あたしの両手をとってこう言った。「〈闇の森〉へ、わたしたちを連れてっておくれ、スーズ。お別れはそこでしようね。それでいいかい？　やってくれる？」

あたしはうなずいたが、声は出さなかった。喉がひりひり痛んで、声が出なかったのだ。

モリーはあたしの両手をぎゅっと握って「ありがとう」と言った。シュメンドリックが近づいてきて、目くばせか、眉の動きか何かで、モリーに合図した。彼が何も言わないのに、

「わかったわよ」とモリーは言った。モリーは彼といっしょにリーア王さまのところに行き、あたしはひとりぼっちで、身体のふるえを止めようとしていた。なんとか、止めるこ

とができた。

〈闇の森〉は遠くない。ほんとうはあたしが教えなくても、すぐにわかったと思う。村のこっちがわで一番高い建物である、パン屋のエリスの屋根から、森外れが見える。そこはいつも、中に入るまでもなく遠くから見ても暗い。それがオークの木のせい（オークの森とそこに住む生き物についてはいろんな言い伝えがある）なのか、何かの魔法のせいなのか、またはグリフィンのせいなのか、あたしにはわからない。

　グリフィンが来る前も特別な場所だったのだろう。アンブローズおじさんが言うには、自分の知るかぎり、あそこはずっと縁起の悪い場所だった。でも、父さんは違う意見で、父さんは仲間とよくそこで狩りをし、若いころには一度か二度、そこで母さんと逢い引きをした。

　リーア王さまが馬で先頭に立ち、頭をそびやかし、兜につけた青い羽根飾りを羽根というより旗のようにひるがえした姿は、立派で若々しくすら見えた。あたしはモリーの馬にのせてもらうつもりだったけれど、王さまはあたしがそばを通りぬけようとしたとき、さっと鞍にさらいあげて、前に座らせた。「おちびさん、おまえが余とともに先に立つのだ。森に着くまで」あたしは誇らしい気持ちになったけれど、こわくもあった。なぜなら、王さまは上機嫌だったし、いままでグリフィン退治に送りこんだぜんぶの騎士たちへの償いをするため、死地に向かってゆくのだ、とわかっていたからだ。あたしは気をつけて、と言いはしなかった。王さまは耳を貸そうとしないだろうし、あたしにもそれはわかっていた。あたしもリシーンも。

　馬を進めながら、王さまはグリフィンについてくわしく話してくれた。「おちびさん、グリフィンと対決する羽目になったら、覚えておくべきは、やつらはドラゴンではないということだ。ドラゴンはただドラゴンで――飛びかかってきたら身をかがめ、しっかと踏みとどまって、その下腹に切りつけるのだ。そうしたら勝てる。でもグリフィンは……二種類の違う生き物、鷲とライオンを、神が、ある意味、神らしいユーモアで合体させたものだ。だから、胸には鷲の心臓とライオンの心臓の両方があって、なんとか生きのびたいなら、その両方を突き刺さないといけない」王さまはできるだけ陽気な顔で、あたしを鞍の前にしっかり支え、老人らしく何度も言い聞かせた。「二つの心臓があるのを、忘れてはならぬ――みなは忘れるのだ。鷲の心臓――鷲の心臓とライオンの心臓とライオンの心臓。絶対に忘れるな、おちびさん」

　たくさんの人の前を通りすぎた。みんな羊や山羊の群れを連れていて、手を振って、呼びかけ、冗談口をたたいたりした。リーア王さまに喝采したが、お辞儀はせず、帽子もとらなかった。だれも王さまだと知らなかったからだ。王さまはそのことがうれしいようだった。ほとんどの王さまはうれしいと思わないだろう。でも、あたしはほかの王さまに会ったことがないので、はっきりとは言えない。

〈闇の森〉は、近づく前からこちらにじりじり手をのばしてくるようで、長い指のような影が、何もない野原をのびてきて、風もないのに草の葉がひらめいたりひるがえったりした。森というものは、ふつうなら昼も夜ももっとにぎやかだ。じっとして聞き耳をたてれば鳥や虫の声、せせらぎの音がする。でも〈闇の森〉はいつもひたすら静かだ。その静けさまでもが、こっちに向かってのびてくる。

石を投げたら届くくらいのところで馬を止め、リーア王さまはあたしに言った。「ここでお別れだ、おちびさん」と、鳥を巣に戻してやるときのように、あたしをていねいに地面に下ろしてくれた。シュメンドリックに向かって、「そなたとスーズをついて来させまいとしてもむだだということはわかっておるが」――なぜかモリーのことをいつもあたしの名前で呼ぶのだけれど――「偉大なニコスおんみずからの名において、そしてわれらの長く気高き友情の名において、同道を禁じるぞ」

王さまは言葉を切り、しばらく黙りこくっていたので、いつものように、自分がだれなのか、なぜここにいるのか、忘れてしまったのかもしれない、とあたしは思った。でもそこで王さまは、狂った牡鹿のような、はっきりとよく響く声で続けた。「彼女《あれ》の名前において、アマルシア姫の名前において、最初の木を通りすぎてからは、決して余に手を貸さず、余の役目を果たさせてくれ。心からの友であるそなたらには、わかってもらえるだろうか」

シュメンドリックは不服だった。それはこちらに魔力がなくても見ていればわかった。あたしにさえ明らかだったが、シュメンドリックはグリフィンと顔をあわせた瞬間に、戦いをひきつぐつもりだったのだ。

でも、リーア王さまは若々しい青い目でまっすぐに彼を見つめ、かすかな笑みを浮かべていたので、シュメンドリックもどうしようもなかった。彼にできることは何もなくて、彼は最後にうなずいて、口の中で言った。「陛下の思し召しなら」王さまはそれがよく聞こえなかったので、同じ言葉をもう一度くりかえさせた。

それからもちろん、みんながあたしにさよならを言うことになった。あたしはいっしょに行くのを許されていなかったからだ。モリーは、また会えるよと言ってくれ、シュメンドリックは、きみは本物の女戦士になれる器だけれど、そうなるには賢すぎるな、と言った。そしてリーア王さまは……リーア王さまはごく静かに、ほかのだれにも聞こえないようにこう言った。「おちびさん、余が結婚して娘がいたら、その子がただ、おまえのように勇敢でやさしくて忠実であってくれれば、と思うぞ。そのことを忘れずにいてくれ。余も最後までおまえのことは忘れぬ」

それはうれしい言葉で、母さんと父さんが、この大人たちがあたしについて言ったことを聞いてくれていたら、とあたしは思った。でもそこで三人は背を向け、〈闇の森〉に馬を進めていって、モリーだけがあたしをふりかえった。あたしがついてこないのを確かめるためだろうと思う。あたしはまっすぐうちに帰って、この人たちがどうなったか、そしてグリフィンがこの先も子どもを食べるかどうか、知らせを待つべきなのだ。もうやることは終わった。

たぶんあたしも、うちに帰って終わりにしたはずだ。マルカがいなかったら。

マルカはあたしではなく羊たちといっしょにいるべきだった――グリフィンと戦うのがリーア王さまの役目であるのと同じように、それがマルカの役目だ。でもマルカはあたしも、特に愚かで手の焼ける羊で、どんな危険な場所へ迷いこむかしれないから、目を離してはいけない、と思っているらしかった。〈闇の森〉への道すがら、マルカは王さまの馬のかたわらを静かに走っていたけれど、ふたりだけになったいま、あたしに向かって走ってきて飛びかかり、雷のような声で吠えて、あたしをひどく転ばせた。あたしが、マルカの望まないところにいるときは、いつもそうするのだ。マルカが近づいてくると、あたしはぎゅっと身体をこわばらせるのだが、全然効果はない。

マルカはそのあと、あたしが立ち上がると、いつもなら、上着のへりをくわえて、あたしがいるべき方向へひきずっていくのだ。でも今度は……今度はあたしのことなどまるで忘れたように立ち上がり、白目をむいて喉の奥で、まさかそんな声が出るとは知らなかった低い声を出しながら、あたしの向こう、じっと〈闇の森〉のほうを見つめた。次の瞬間、口から泡を噴き、大きな垂れ耳を寝かせて、ものすごい勢いで森へ駆け込んでいった。あたしは呼んだけれど、聞こえなかったのだろう。走りながら大声で吠えていたから。

あたしには他の選択肢はなかった。リーア王さまとシュメンドリックとモリーには、〈闇の森〉のグリフィンを追いかける選択がそれぞれ別個にあったけれど、マルカはあたしの犬だし、何が待っているか知らないのに、一匹だけでそれに立ち向かわせるわけにいかなかった。だからあたしには他にどうしようもなかった。あたしはとほうもなく大きな息を吸って、あたりを見回し、それから、犬のあとを追って森の中へ入っていった。

実際は、できるかぎり長いあいだ、走った。歩いて、また走れるようになると、走った。〈闇の森〉にはどんな径もなかった。だれも行ったことがないからで、三頭の馬がどんなふうに下生えを踏みわけていったのか、わかりにくかったが、蹄の跡の上に犬の足跡が見えた。風がなく、ひどく静かで、一羽の鳥の声もなく、あたしのあえぎ声だけが響いた。マルカの声さえ聞こえない。みんな、眠っているグリフィンに出くわして、リーア王さまが巣にいるそいつを殺してしまったのならいいのに。でもそうは思えなかった。リーア王さまは眠っているグリフィンを襲うのは恥知らずだと思って、目を覚まさせて正々堂々、戦いを挑むだろう。王さまのことを長く知っていたわけではないけれど、そうするだろうとわかっていた。

　そのとき、少し先で、森全体が爆発した。

　あまり音がすごくて、音の中身は聞き分けられなかった。マルカが断固として吠えていて、鳥がつぎつぎ茂みから声をあげ、シュメンドリックか王さまかだれかが叫んでいたが、言葉は全然聞き取れなかった。それらすべての下に、まったく大きくない音――うなり声と恐ろしい低い呼びかけの中間のような声、おびえた子どものような声がした。あたしが空き地に飛び出すと――今度はがらがらという音か、ナイフのぎしぎしときしむ音か――ずっと大きな音がし、グリフィンが翼に日光を受けて飛び立った。冷たい金色の目があたしの目に食い込み、くちばしががあっと開いて、燃えるような赤い喉の奥深くまでが見えた。それが空を埋めつくした。

　そして、黒い牝馬にまたがったリーア王さまの姿が、空き地いっぱいに広がった。王さまはグリフィンと同じほど大きく、剣は猪用の槍ほども大きく、王さまはそれをグリフィンに向かって掲げ、敵を落下させ、地上で戦おうとした。でも、グリフィンはとうてい届かない高さで、新手の人間たちがよく見えるよう、頭上で輪を描いていた。マルカは完全に動転していて、叫びながら、宙に何度も身をおどらせ、グリフィンのライオンの足と鷲の鉤爪に食いつこうとしたが、そのつど、鉄の羽毛一枚を歯のあいだにくわえこむだけで、むなしく着地するのだった。あたしは飛び出して、マルカを空中で受け止め、グリフィンに襲われる前に別の方向へひきずろうとしたが、犬は言うことをきかず、鈍い犬の鉤爪でもってあたしの顔をひっかいたので、放さざるをえなかった。マルカの最後の跳躍で、グリフィンはいきなり身をかがめて、大きな片方の翼をそのわきばらにしたたかに打ち付け、犬はあたし同様ひと声も出せなかった。そして空き地を飛ばされてゆき、木にぶつかり、地面に落ちて、動かなくなった。

　モリーがあとになって、リーア王さまがグリフィンのライオンの心臓を突き刺したのがそのときだったと教えてくれた。あたしは見ていなかった。あたしも空き地を走っていって、グリフィンがまたマルカを襲ってこないように、犬におおいかぶさった。あたしに見えたのは、うつろに見開いた犬の目とわきばらの血だけだった。でもそのときのグリフィンの咆哮は聞こえたし、首をめぐらせると、血がそのわきばらをつたうように噴き出して、ほんとうに痛むらしく、後ろ足がわきばらにひきつけられた。リーア王さまは少年のように叫んでいた。グリフィンに届く高さに大剣を投げあげ、またつかみとると、動かせなくなったライオンの半身が宙を掻きながら弱ってくずおれてゆく、グリフィンのほうへ突進していった。グリフィンはどさりと、マルカと同じように地に落ち、あたしは一瞬、完全に、そいつが死んだ、と確信した。あたしの心はどこか遠いところで考えていたと思う。これでいい。よかった。よかったよ。

　でも、シュメンドリックは王さまに向かって叫んでいた。「二つの心臓です！　二つですぞ！」声が嗄《か》れるまでそう叫んでいて、モリーがあたしにおおいかぶさるようにして、グリフィンから引き離し、あたしはマルカにしがみついていた——犬の身体はものすごく重くなっていた——そのとき他に何が起きていたのか、わからない。あたしに見えたのも考えていたのも、マルカのことだけだった。感じていたのは、犬の心臓があたしの心臓の下で、もう打ってはいないということだ。

　あたしが生まれたときに、マルカはゆりかごを守っていてくれた。かわいそうな耳をあたしはよく齧ったけれど、犬はひと声もあげなかった。母さんがそう言っている。

　リーア王さまには、あたしたちのだれのことも見えず、声も聞こえていなかった。王さまの世界には、空き地の真ん中に墜落し、かしいだ身体でもがいているグリフィンしか存在しなかった。そいつがマルカや友だち、羊や山羊や、ほかにたくさんのものを殺した今でも、あたしは哀れみを感じずにはいられなかった。リーア王さまも同じ思いだったのだろう。黒い牝馬から下りると、まっすぐグリフィンのところへ行き、剣の切っ先を地面に着くほど下げて、話しかけた。「汝《なんじ》は気高く恐ろしい敵であった――この先、もはやまみえることがないほどの。われらふたりは互いに、生まれてきた役割を果たした。汝の死に感謝する」

この最後の言葉で、グリフィンが襲いかかった。

鷲の身体が、ライオンの半身を、あたしがマルカの死体をひきずったような具合にひきずりながら、王さまにのしかかった。リーア王さまは下がり、グリフィンの首を切り飛ばせるほどの速さで剣を振ったが、相手のほうが速かった。恐ろしいくちばしが王さまの腰をとらえ、戦斧《せんぷ》がパイ皮を砕くように鎧を切り裂いて、王さまは声もなく身体を二つに折り、まるで濡れた洗濯物が物干し竿にかかったような態勢になった。血が噴き出すどころか、王さまの生死もわからなくなった。グリフィンが王さまを二つに噛み折ってしまったのか。

あたしはモリーから身をふりほどいた。モリーはシュメンドリックに向かって、なんとかして、と叫んでいたが、もちろん何もできず、それはモリーにもわかっていた。彼はリーア王さまに魔術で介入することは絶対にしない、と約束したのだ。でもあたしは魔術師じゃないし、だれにも何も約束していない。マルカに、すぐ戻るよ、と言い聞かせた。

グリフィンはあたしが近づくのを見ていなかった。リーア王さまの上に頭をかがめ、翼でおおい隠した。ライオンの部分は、ぐったりと力なく塵《ちり》にまみれて垂れ、いっそうおどろおどろしく見えた。なぜかわからないが、グリフィンはひっきりなしに、なだめるようなクウクウという音をたてていた。あたしは左手に大きな石をつかみ、右手には枯れ枝をつかんで、何かわめいたが、何を言ったかは覚えていない。こういうかっこうで、決死の覚悟で駆け寄れば、ときに狼を家畜の群れから追い払うことができるのだ。

あたしはどっちの手でも、ものを投げることができる——あたしが小さいときにウィルフリードがそれに気づいた——ので、グリフィンがさっと顔をあげた瞬間に、あたしの石が首のわきに命中した。グリフィンはむっとしたが、リーア王さまから離れられなくて、あたしにかかわるひまはなかった。右手の枝が、半死のグリフィンにも何か効き目があるとは、一瞬も思えなかったが、できるだけ遠くへ投げ、グリフィンがそっちに気をとられた瞬間、あたしは小走りに駆け寄って、王さまの剣の柄《つか》をつかもうと全身を投げかけた。王さまの身体の下敷きになって、突き出している柄だ。出立のときに、あたしが王さまに留め付けてあげたので、あたしの力でも持ち上げられるのがわかっていた。

でも剣を引き抜くことはできなかった。王さまはマルカのように重くなっていた。でも、あたしは絶対にあきらめまいとした。剣を引っ張って引っ張って、そのあいだにモリーがまたあたしを引っ張っていることにも、グリフィンがリーア王さまの身体を乗りこえて、あたしのほうに這い寄ろうとしていることにも気づかなかった。シュメンドリックが、ずっと遠くから聞こえる声で歌っていて、それはあたしのために作ってくれた、でたらめの歌だとわかったが、この期におよんでいったい何をしているんだろう。やっと最後に顔をあげ、顔から髪を払いのけた瞬間、グリフィンが片方の鉤爪であたしをつかみあげ、モリーから引きはがして、リーア王さまの身体の上に投げた。王さまの鎧が頬に冷たくて、まるで鎧も王さまといっしょに死んでしまったようだった。

　グリフィンはあたしの目をのぞきこんだ。鉤爪の痛みよりもずっとひどい感じ、両親にも馬鹿なウィルフリードにももう会えないことよりも、王さまもマルカも救えなかったと思い知ることよりも、もっとひどい感じがした。グリフィンはしゃべれない（ドラゴンはしゃべれるが、勇者に対してだけだ）が、その黄金の目はあたしの目の中にこう語りかけていた。「ああ、わしはもう死ぬが、おまえたちもみな死ぬのだ。カラスがわしの骨をつつきにくる前に、おまえたちの骨を喰ってやる。さすればおまえの仲間も、わしがなんであったかを知り、わしの所業を知るだろう。おまえらのあわれな汚い蟻塚におまえの名前を覚えているものがだれもいなくなるまで、決して忘れないだろう。わしが勝ったのだ」それはほんとうだ、とあたしは思った。

そして世界は、くちばしと、あたしを呑み込もうと、ぐわっと開いた燃えるような喉だけになった。そのとき、それがあらわれた。

はじめ、それは雲だと思われた。頭がぼうっとなって、こわくてならず、近づいてくるのは白い雲だとしか思えなかった。雲は身を低くしてすばやく近づいてきて、リーア王さまからグリフィンを一撃で払い落とすや、同時にあたしをモリーの腕の中に転がしこんだ。モリーはあたしの息が詰まるほど抱きしめてくれたが、やっと頭をもたげると、何が起きたかわかった。いまでも、あれが心の中に見える。いまでもはっきり見える。

それは馬にはまったく似ていなかった。人間がどこでそんな考えを思いついたのか、わからない。四本の足と尾があるが、蹄は鹿や山羊のように二つに割れていて、頭は馬より小さくてそして――馬の頭よりとがっていた。全身も馬とは違う。雪のひとひらが牝牛に似ていないくらい、似ていない。角は身体のわりには長くて重く、こんな華奢な首がその大きさの角を支えられるなんて想像できなかった。でも、できるのだ。

シュメンドリックが膝をついて、目を閉じ、唇が、まだ歌うように動いていた。モリーがつぶやき続けていた。「アマルシア……アマルシア……」あたしに向かってではなく、だれに向かってでもない。ユニコーンは王さまの身体をはさんで、グリフィンと向かい合っていた。前足は地を掻いて少しばかり踊るようだったが、後ろ足は牡羊のようにしっかり踏ん張っていた。牡羊は頭を下げるが、ユニコーンは高々とそびやかし、角が陽光をとらえて貝殻のように輝いた。その声は、あたしがモリーのスカートの中にもぐりこんで耳をおおいたくなったくらい、なまなましく……とても痛々しかった。それからユニコーンが頭を下げた。

　死にかかっていたのかどうなのか、グリフィンはすさまじい戦いを繰り広げた。跳びはねながらユニコーンに向かっていったが、その血まみれのくちばしは、ひらめくように通りすぎるユニコーンの足に嚙みつこうとして、最後の瞬間に的からそれる。そのつどユニコーンは馬より軽く身をかわし、グリフィンが態勢をたてなおす前に、再び突進した。少しばかり公平ではなかったが、あたしはもうグリフィンに同情を感じなかった。

　最後に、ユニコーンは角をこんぼうのように斜めになぎはらい、グリフィンは倒れかけた。だが、ユニコーンがふりかえるより速く立ち上がって、死んだライオンの半身をふくめた全体が宙を飛んで、かろうじてユニコーンの背に舞い降り、その首すじに、鷲の鉤爪を立て、リーア王さまにそうしたように、首を嚙みちぎろうとした。あたしはがまんできず悲鳴をあげたが、ユニコーンは竿立《さおだ》ちになると、完全に後ろに反りかえるような姿勢で、グリフィンを地上に投げ落とし、旋回し、角を鉄の羽毛ごしに鷲の心臓に突き立てた。長いあいだその死体を踏みつけていたが、その必要はなかった。

シュメンドリックとモリーがリーア王さまのもとに駆け寄った。グリフィンには目もくれず、ユニコーンにさえ、ろくに注意を向けなかった。あたしはマルカのところへ行きたかったが、ふたりのあとについて王さまのもとへ行った。グリフィンが王さまに何をしたか、ふたりよりも近くから見ていたので、もう息があるとは思えなかった。でも、かろうじて命はあった。あたしたちがそばに膝をつくと、目を開け、みんなに向かって、やさしい笑みを浮かべた。「リシーン、リシーン。身体を洗う風呂が要るな。そうだろう？」

あたしは泣かなかった。モリーも泣かなかった。シュメンドリックは泣いた。「いいえ、陛下、お風呂は要りません、ほんとうに」

リーア王さまはけげんな顔をした。「しかし、匂いがひどいぞ、リシーン。漏らしてしまったのかな」と、あたしの手を求め、ぎゅっと握りしめた。「おちびさん。おちびさん。そなたなのか。余は老人ゆえ、はずかしく思わないでくれ」

あたしは王さまの手を握りかえした。できるだけの力で。「わかります、陛下。わかります」ほかに言う言葉は見つからなかった。

すると王さまの顔が突然、若く幸せそうに神々しくなり、あたしの向こうの何かに、視線をさしのばそうとしていた。肩の上に息づかいが感じられて、ふりかえると、ユニコーンがいた。ユニコーンもたくさんのかき傷や嚙み傷から血を流していて、特に首まわりがひどかったけれど、その黒い目には、リーア王さましか映っていなかった。あたしはユニコーンが近づけるようにわきにのいたが、ふりかえったときには、王さまは息をひきとっていた。あたしは九つで、もうすぐ十になる。人が亡くなるときのことはわかっていた。

　ユニコーンはリーア王さまのなきがらを長いこと見下ろしていた。しばらくして、あたしがマルカのそばへ行くと、モリーも来てあたしの隣に座った。でもシュメンドリックはリーア王さまのそばにひざまずいて、ユニコーンに話しかけていた。なんと言っているのか、わからなかったけれど、その顔を見れば、何かを乞いねがっているのがわかった。母さんはいつもあたしが口を開く前に、何を言うかわかるのだそうだ。ユニコーンはもちろん答えはしなかった――口はきけないはずだと思う――が、シュメンドリックはささやき続け、ユニコーンはついに首をめぐらして、彼を見た。すると彼は口をつぐんで、立ち上がり、ひとりその場を去った。ユニコーンはそこから動かなかった。

　モリーはマルカの勇気を語り、グリフィンに立ち向かった犬なんか見たことがない、と言った。マルカに子どもはいるのか、ときかれたので、あたしは、いるけど、どれもマルカじゃない、と言った。とても、へんな感じだった。モリーはあたしの気持ちを軽くしてくれようとしていたし、それができないモリーを、あたしが慰めようとしていた。でもそのあいだじゅう、とても冷めた気持ちだった。マルカがいなくなった今は何もかもが遠くなったようだ。死んだ人に対してするように、マルカの目を閉じてやって、そこに座って、わきばらをいつまでもなで続けた。

ユニコーンには気づかなかった。モリーは気づいただろうが、何も言わなかった。あたしはマルカをなでさすり続け、顔をあげたのは、角が肩の上に斜めにかかったときだった。じっと見ていると、ねじれて輝く角の上で血が乾いていったが、こわくはなかった。あたしはからっぽだった。するとその角がマルカに触れた。あたしがなでていた場所に、たいそう軽く触れ、そうするとマルカが目を開けた。

犬が、自分が生きていると気づくまでにはしばらくかかった。あたしのほうはもっと長くかかった。犬はまず舌を出して、はあはあと、喉が渇いたようにあえいだ。近くにせせらぎの音がしていて、モリーがそこへ行って見つけ、両手で水をすくってきた。マルカは一気になめるように飲み、立ち上がろうとしたが、子犬のように倒れてしまった。でも、何度も立ち上がろうとしているうちに、やっと立てるようになって、あたしの顔をなめようとしたが、これも最初の数回は失敗した。ようやく顔をなめられたとき、あたしは初めて泣き出した。

マルカはユニコーンを見て、おかしなことをした。しばらく見つめていたあと、犬なりのお辞儀というか会釈なのか、前足をのばし、そのあいだの地面に頭をうずめた。ユニコーンは犬をまた転ばせないように、とても軽く鼻でつついた。それから、初めてあたしを見た……というかあたしが初めて、角と蹄だけでなく、魔法のような白さだけでなく、その向こうの底知れない目をのぞきこんだのだ。ユニコーンの目は、どうやってか、あたしをグリフィンの目から自由にしてくれた。グリフィンが死んだときそこに映っていたものの恐ろしさが心に焼き付いていて、マルカがまさか生き返っても、その恐怖は去らなかったのだ。でも、ユニコーンの目には全世界がやどっていた。あたしがこの先も見ることがないすべての世界もだが、それもどうでもよかった。なぜなら、いまあたしはそれを見たし、それは美しくて、あたしはその世界の中にいたのだ。

　ジェヘーンやラウリや、ユニコーンと同じように目でしか話ができなかった、大切なフェリシタスのことを考えても、これからはグリフィンではなく、あの子たちのことを考えるだろう。ユニコーンとあたしが見つめ合ったときに起きたのは、そういうことだった。

　ユニコーンがモリーとシュメンドリックにさよならを言ったかどうかわからないし、行ってしまうところも見なかった。見たくなかった。シュメンドリックの言葉が聞こえた。

「犬一匹か。ぼくは歌でユニコーンをリーアのところに呼ぶだけで、死にそうになった。だれもユニコーンを呼びよせたものはいないから――そしてユニコーンは王さまじゃなくて、犬を連れ戻してくれた。だから、これからぼくは、ユニコーンは全然ユーモアがわからなかったんだ、と思うだろう」

　でもモリーは言った。「王さまを愛していたのよ。だから逝かせてあげた。へらず口をたたかないで」あたしはモリーに、かまわない、と言おうとした。シュメンドリックが言おうとしていたのは、悲しくてたまらないということだとわかっていた。でもモリーが近づいてきて、あたしといっしょにマルカをなでたので、もう言わなくてもよくなった。

「あんたとマルカを、立派なふたりの淑女にふさわしく、家まで送ってあげるよ。それから王さまを故郷にお連れするから」

「もう、二度と会えないのね。王さまにも会えないし」

　モリーがきいた。「スーズ、あんたいくつなの？」

「九つ。もうじき十。わかってるでしょ」

「口笛吹ける？」あたしはうなずいた。モリーはすばやくまわりを見回した。何かを盗もうとしているかのように。あたしの上に身をかがめ、ささやいた。「あんたに贈り物をあげるよ。でも十七になる日まで開けちゃいけないよ。その日になったら、村から出て、どこか静かな特別な場所にひとりで行って、こんなふうに口笛を吹くのさ」と、さざなみのようなひとふしを吹いてくれて、あたしはそれに応え返して、何度も何度もくりかえしているうち、モリーはできばえに満足したようだった。「もう吹くんじゃないよ」と言った。

「二度と、はっきり吹いたりしちゃいけない。十七の誕生日まではね。でも心の中で吹いておいで。その違いはわかるかい、スーズ？」
「あたし、赤ちゃんじゃないわ。わかる。もし吹いたら、どうなるの？」
モリーはにっこりした。「だれかが、あんたのところへやってくる。世界一の魔術師かもしれないし、勇敢であつかましい子どもに弱い、いい年のおばさんかもしれない」とあたしの頬を片手で包むようにした。「もしかしたら、ユニコーンかもしれない。なぜなら、美しいものはいつも、あんたにまた会いたくなるからね、スーズ。あんたの声に聞き耳をたてるよ。おばさんが請け合うよ。だれかが必ず来る」

ふたりはリーア王さまを馬にのせ、あたしはシュメンドリックの馬に相乗りして、みんなして家に帰り、戸口で、父さんと母さんに、グリフィンが死んだと告げた。あたしも手を貸したと。それを聞いたときのウィルフリードの顔といったら！　それからふたりはあたしを抱きしめ、モリーがあたしの耳もとで言った。「忘れなさんな、十七になるまではだめだよ」ふたりは王さまをお城に送っていって、お国に埋葬するために、去っていった。あたしは冷たいミルクを一杯飲むと、マルカと父さんといっしょに、羊の群れを囲いに入れるために外に出た。

これがあたしの身に起こったこと。モリーから教わったひとふしを、いつも頭の中で練習して、ときどき夜にはその夢を見たけれど、音に出して吹きはしなかった。だれかに冒険の話をしなければ気がすまなかったら、マルカに話した。おまえもその時が来たら、あたしが選んでおいた特別な場所にいっしょに行くんだよ。そのころには、おばあさん犬になっているだろうけれど、かまわない。だれかがあたしたちふたりのところにやってくるから。

　来るのがあのふたりだといいと思う。ユニコーンだとすばらしいけれど、あのふたりは友だちだ。モリーにまた抱きしめてほしいし、聞くひまのなかった話をしてもらいたいし、シュメンドリックのあの馬鹿げた歌を聞きたい。

　　スーズリ　スーズリ　もうろうとしゃべって
　　ぼくのぶつぶつねごとをじゃまする
　　スーズリ、スーズリ、
　　ぼくがだきしめたいひとに
　　なってくれるかい……？

あたしは待っていられる。

スーズ

私のネルに

「知っているが理解はできない

愛をこめて……」

1

　十七回目の誕生日の朝、マルカがあたしのベッドにのぼって、顔をなめて起こしてくれた。

　それは年老いた犬にはつらいことだった。後ろ足がほとんど利かなくなっていたからだ。兄さんのウィルフリードはこの前の〝泥棒の日〟に結婚し、お嫁さんの実家のそばのギャムラドリーに引っ越したので、あたしはそれから階下で寝ている。母さんはマルカの臭いがきつくなったので、台所で寝かせたがったが、あたしが断った。マルカは、あたしにとって、ユニコーンと同じくらい美しい。それにあたしはユニコーンを見たのだ。

　マルカも見た。あたしをかばってグリフィンに殺されたあと、ユニコーンによみがえらせてもらった。はっきり言えば、ユニコーンを呼んだのは魔術師で、呼ばれてやってきたユニコーンはグリフィンを踏みにじって、ぼろと塵《ちり》と鉄製の羽毛の塊に変えてしまった……それから角でマルカに触れ、行ってしまった。ユニコーンがどんなにすばらしかったか――グリフィン以上にどんなにおそろしかったか、あたしは忘れてしまうだろうけれど、マルカがよろよろと立ち上がって、くずおれ、また立ち上がって、モリー・グルーのくぼめた掌から水を飲んだことは忘れない。モリー・グルー……

でもマルカがやってきたのは、今日の誕生日こそ、あたしがひとりで出かけて口笛を吹く日だということを思い出させてくれるためだった。モリーがそう言ったのだ。

モリーは魔術師じゃない――魔術師はシュメンドリックだ――し、ユニコーンのように魔法めいた輝きがあるわけではない。ただのモリーで、嵐が来る前には必ず足指が痛くなる、そんな人だが、でもあたしは好きなのだ。グリフィンと戦って、モリーがお別れに抱きしめてくれて、歌を教えてくれたあの日以来、モリーに会っていない。正確に言えば歌ではなくて――おかしな音楽のひとふしで、あたしに何度もくりかえさせ、そのうちにそれは名前と同じくらいあたしの一部になった。そのときモリーは、それを吹いたら、だれかがあんたのところへやってくるよ、と言ったのだ。

来るのがモリーだったら、またはシュメンドリックだったらいい、と思ったが、モリーは、自分にはわからないと言った。ただあたしはひとりきり――マルカもぬきで――になって、こわがらずにいなくちゃいけないのだった。「こわがったりするもんかね」ほかのだれの目もとにも見たことのない小さな笑みを浮かべて、モリーは言った。「グリフィンに石を投げつけた子が？　まさかね」とあたしにキスをして、シュメンドリックと馬を走らせていき、マルカとあたしはふたりが見えなくなるまで見送った。

だから、最初に、朝ご飯のあと、母さんが市場に出かけると、父さんとあたしは夜のあいだに新しい子山羊が生まれていないかどうか、牧場に見にいった。羊の生まれる時期は決まっていて、それは数日のうちだと――つまりもうすぐだと――見通しはついていたけれど、山羊は山羊で好きなときに子を産むのだ。それから場所も好き勝手。鶏に似ていて――こっちはあとをつけていき、いろいろな藪《やぶ》や灌木《かんぼく》の茂みや下生えの中を探る。まさかそんなところで子どもを産むとは思えないような場所を。あたしは羊よりも山羊が好きだけれど、山羊はやっかいだ。

子山羊が三匹生まれていて、みんな元気で、母親もちゃんと子育てができそうなので、ほっとした。あたしはしばらく子山羊たちを抱いてなで、覚えてもらおうとし、父さんは自分にわかるような特別なクレヨンで印をつけていた。思い出せるかぎり、あたしたちは昔からそうしている。

だれだかわからない相手に会うために、マルカをおいていくのは気が進まなかった。鳴いてもがいて、利かない足をひきずりながら、どこまでもあとをついてこようとするんじゃないかと思った。でも、あたしがそれをひとりでしなければならないことはわかっているらしく、頭を垂れて寝そべり、あたしを見送っていた。マルカは何でもわかっている。

　こんなにおちついているのは、あたしがどこへ向かうかわかっているからかもしれない。お互い小さいころから、隠れんぼをしてきた。母さんは〝スーズの森〟と呼び、まぬけなアンブローズおじさんもそう呼んでいたが、そう呼ぶのはふたりだけだ。そこはどう見ても森ではなく——苔《こけ》むした木々やうるさい鳥たち、流れが強すぎて魚のいない川のある、日溜まりだった。マルカはそこで兎を追いかけるのが好きで、あたしはお気に入りの空き地に身体《からだ》をまるめて、自分にお話をして聞かせた。ときどき陽を浴びながら、せせらぎのおしゃべりの中で眠ってしまったが、マルカは暗くなる前に必ず起こしてくれた。それにふたりとも、帰る道は知っていた。

　森の奥の外れには窪地のような場所があって——探さないとわからないし、探してもわからないかもしれないけれど——なぜかわからないが、そこはずっとあたしのお気に入りの場所だった。いつでも、冬でも居心地がよく、寒くなると、マルカが寄ってきて、胸の上にかぶさって、いっしょに夢を見るのだ。マルカは犬らしい夢を見ていたと思う——でも、よくうなされてもがいていた。あたしは、母さんが、羊を追ってきた狼たちに子守歌を歌っている夢をよく見た……ただ狼たちが羊を守っていることもあり、そうなると、わけがわからなかった。一度兄さんのウィルフリードが狼に変身して、飛び去る夢を見たし、あたしが大きな醜い鳥になって落ち続ける夢を見た。また別のときには——でも、とにかくマルカが顔に鼻をすりよせてくるので目が覚め、一件落着だった。いつもの〝うち〟の安心。

　でも今度は違っていた。今度はジーニアだった。

　そのときは、彼女の名前を知らなかった。別の夢の一部だと思った……あたしは、グリフィンのつぶれた死体を見下ろしながらモリーが教えてくれた、あの節《ふし》を、きちんと正確に吹いたあと、いっしょうけんめい目を覚ましているつもりだった。でも今日は窪地にたどりつくまでは、節がちゃんと思い出せなかった。前にも言ったけれど、その節はいつもそこにあるわけではなくて……でも今回はあって、正確に吹いたあと、そこに姉さんがやってきた。大きな石の陰に半分隠れていて、現実とは思えないようにぼんやりして、でも灰色の目をして、髪がぼさぼさだったから、ほかの子ではありえない。家族はみんな、ウィルフリードでさえ、そういう目をしている。

「あたし、スーズだよ。あんた、だれ?」自分の名前を忘れていなくてよかった。夢の中ではいつもよく忘れるから。もう一度言った。「教えて、あたしはスーズ」

その子は答えてくれた。自分の名前を言ったらしく唇は動いていたが、聞こえなかった。もう一度名前を教えてくれた。でもはっきり聞き取れなかった。自分が赤ん坊のようにいらだってわめいたりはしなかった、と思いたいが、でも、たぶんわめいたのだ。自分のことはよくわかる。

　すると、その子は消えてしまい、あたしは目が覚めて身体が冷たくて、マルカが恋しくて泣いていた。いや、兄さんでも、まぬけなアンブローズおじさんでもいい……あたしがだれなのか、起きているのか、眠っているのか、わかっている相手なら。

　そのときには、母さんが市場から戻っていた。まっすぐあたしを見たけれど、モリーとの約束は知らない――父さんはどっちにしても何か知っていると思う――ので、こうきいてきた。「何があったの？　だいじょうぶ？」

「あたしに姉さんがいた？」

　母さんは答えなかった。じっとあたしを見つめ続けた。もう一度きいてみた。「あたしに姉さんがいた？　なんて名前？」

「父さんを呼ばないと」母さんは戸口に行って、豚に餌をやっている父さんを呼びいれた。あたしは豚が嫌いだった。ものを食べているときたてる音が嫌い、そして自分がこれから殺されにゆくと知ったときにたてる音が嫌いだった。でも母さんの声には、父さんを急いで戻ってこさせる何かがあった。父さんは手を洗うひまもなく、黙って戸口に突っ立ち、まずあたしを見た。いつものように。

グリフィンが来て、子どもたちを食べはじめたとき以来、父さんはあたしに違った態度を見せる。もう八年も前のことなのに。あたしが、ぶじに家の中にいると確信できないときは、父さんはよく眠れず、毎晩二度も三度も目を覚まして、あたしが王さまを探しにいったときのように、こっそり抜け出しているのじゃないかと確かめにくるのだった。母さんはそれをがまんしていたけれど、ウィルフリードが結婚した理由のひとつはそれだと、あたしは知っている。それを責めることはできない。

「スーズはジーニアのことを知ってるの」母さんは言った。「あのこと、あんたからぜんぶ話してほしいと思ってたわ」

父さんは勇気がある――ありすぎると母さんは思っているが、このときはちょっと顔がくもった。何も言わずにあたしを見つめていたのは、とても長い時間だったはず、それは豚たちがふんふん鼻を鳴らして餌をとりあっていて、時計がカチカチ言っていたのを覚えているから。母さんが言った。「アルフィ、いまさらこの子が知らなかったことにはできないわ。話してあげて。いま」

「スーズ」父さんは、そのあとしばらく何も言えなかった。かつて、ウィルフリードの特別な椅子だったものに腰を下ろし、目をこすり続け、やっとあたしに目を戻した。「名前……名前はジーニアだ」

「その子、ジーニアという名前なのね。見かけたの。それしか知らない。なぜ、あたしそれしか知らないの？」なんともいやな考えが、あたしを襲ってきた。「ウィルフリードはその子のこと、知ってるの？」でも両親が首を振る前に、答えはわかっていた。ウィルフリードが、家族のことであたしが知らないことがあったら、それをあたしに吹聴しないでいるわけがない。

「四歳だった。四歳と半分だ」父さんの声ははっきりしていたが、ささやくような小声だった。「その当時、母さんのお腹にウィルフリードがいた。それで外で仕事をするのがつらくなっていたので、ジーニアがたいていわしの仕事をてつだってくれていた。わしはそれを……あまり気にしていなかったんだ」

一瞬言葉を切ってから、続けた。「いつでも気にかけていなけりゃならなかったんだ――知りたがりで、何にでもすぐ飛びついて――でも、ほんとうに危ないことが起きたことはなかったし、動物のことはよく知っていた。ゆりかごから出た最初の日に、食事中の豚の囲いに落っこちたけれど、豚たちは飛んできて子どもをすくいあげ、塵を払ってやり、けがのないことを確かめた。どんな動物も、世界中のどんな生き物も最初から、あの子を傷つけようとはしなかった。最初から……」

父さんの目のふちは赤くなったが、泣いてはいなかった。父さんが涙をこらえるときは、いつもそうなのだ。あたしも、やっぱり低いささやき声で言った。「その子、どうなったの？」

母さんが驚くほどきっぱりと言った。「父さんから聞きなさい。父さんの話だから――わたしはそこにいなかったし」その声の中にはなんと言ったらいいのか――正確に言えば怒りではなく、もっと恐ろしい疲れのようなものがあった。母さんがそんなふうになるのを初めて見た。

父さんが咳払いした。口火を切った。「さらわれた」最初の言葉から先が継げなかったので、もう一度言い直そうとした。やっとこう言った。「さらわれた。ドリーミーたちがさらっていった。ドリーミーたちといっしょに行ってしまった」

夢見るもの《ドリーミー》……妖精……他のものたち……〈良き民〉……ジーニアがさらわれたときと同じくらいの年のころから、あたしはそういう名前を聞いていた。影の人たちを呼ぶありとあらゆる名前を。そういう人たちがみずから望まなければ、あたしたちには姿が見えない。それも目の隅っこから見えるだけ。子どもたちには見える。「ドリーミーね」

「あの子もそう呼んでいたよ。ときどき、姿が見えなくなることがあって――ほんとに一瞬で――すぐに笑いながら駆けもどってきて、夢の中で会う人たちと遊んでいたんだ、とわしに教えてくれた。おかしな歌を歌って、笑わせてくれる。一度か、二度、いっしょに歌ったこともあると」

父さんは咳払いをくりかえした。聞くのがつらかった。あたしはその歌について知りたかったが、父さんは続けた。「子どもは……いつも目に見えない友だちとか仲間を作ってる。ウィルフリードにはパドルという名前の想像の友だちがいたよ――覚えていないか？」あたしはかぶりを振り、父さんはうっすら笑みを浮かべかけた。「ウィルフリードはパドルのことを、おまえが生まれたあとも、おまえより好きだった。あいつは、おまえが人間だということすらなかなかわからなかった。でもジーニアは……そのときはもういなくて、あいつは……」

父さんは指をもみねじりながら、母さんやあたしのずっと向こうを見ていた。ぽきぽきと指の関節が鳴った。あたしは言った。「父さんは、兄さんには言わなかったのね。だれにも言わなかったんだ」父さんは目を閉じた。「ドリーミーたち……を見たことがある？　ただ、さらっていったの？　いったいどうやって」あたしが言葉を切ったのは、父さんが泣いていたからだ。

声ももらさなかった。いつもそうなのだ。母さんは目をそらさなかったが、あたしはそらした。マルカが低く鳴きながら、あたしの両足に身体を押しつけた。犬がそこにいたことを、あたしは忘れていた。父さんに近寄って、片手をその肩にのせると、荒い息を殺そうと身体がふるえているのが感じられた。父さんは自分をおさえられなくなるのが苦手なのだ。

「見たのはその最後の日だけだ。たそがれどきで、わしは井戸に這いのぼりかけた雑草を刈り終えたところだった。あの黄色の寄生草が水源に入りこんだら、もう手のほどこしようがないからな」父さんは、そうだろ、と言うようにこっちを見回した。「だから見ていなかった……ちゃんと注意を向けていなかったんだ、その一瞬だけ。それからジーニアがいつものように笑う声が聞こえた……」

　初めて母さんが息を呑んだ。この瞬間、聞き耳をたてていなかったら、わからなかったと思う。母さんは……父さんほど強くないし、気丈でもない、そんなのじゃなくて、ただ傷ついたときにはどこかへ行ってしまう。父さんが今ここにいてもだ。あたしは今でも、両親のどっちのほうが好きなのかわからない。

　父さんが言った。「で、わしはふりかえった。そしてほっとした。なぜなら目を離してしまったのはわかっていたけれど、いつものように戻ってくるから、よかったと思った。わしは肩車してやって、家に晩ご飯を食べにゆくつもりだった。そのとき、ジーニアを見たんだ。山羊の歩く径の雑草の草地の、背の高い草の中に。あいつらといっしょにいるところを」

声は変化せず、ひびわれもしなかった。もうそうなっていたから、変わりようもなかった。「小さいものたちだったが、ノームでもエルフでもない、そういう種族じゃなかった。ジーニアより背が高かった。みんな……羽毛が生えたみたいに見える服を着ていた。きれいな羽毛だ。ジーニアはいっしょにいて嬉しそうだった——わしがいたところからも、それが見えた。あいつらに抱かれて跳びはね、手でぶらさがってゆすぶられていた……おまえもそうしてもらうのが好きだったな。おまえは足を縮めて、くすくす笑って」

あたしはうなずいた。父さんが言った。「声をかけたんだ。声が嗄《か》れるほど呼んだ……膝を落として名前を大声で叫んだ。するとジーニアはふりむいて、笑いながら、手を振った……すると他のものたち——ドリーミーだかなんだか——が、初めてわしを見て、娘をしっかりと取り巻いて、盾を並べて塀のようにわしと向き合った。だがそれは羽毛の盾だったよ……きれいで、ぴかぴかと、照り輝く羽毛……その真ん中に娘の嬉しそうな声が響いていて、一団となって川のほうに向かって、駆けていってしまった。わしはついていけなかった」ひと呼吸おいて、ほとんど音にならない声でつけ加えた。「ついていきたくなかったんだよ」

父さんは母さんを見ようとしなかったが、あたしは見た。お互いに何度も何度も十七年間――あたしが生まれてから――のあいだ、ふたりが言おうとしていた言葉を、今ぜんぶ聞いた。もう言い残したことは何もなく、それを背負って生きていかなければならない時間。父さんが、ひどく静かに言った。「そして、最後に、わしは家まで歩いて帰って、母さんに、ジーニアがいなくなったことを告げた」家に帰ってから初めてまっすぐに、あたしの顔を見つめて、こう言った。「それから一日たりとも、いやわずかな時間でも、わしが死にたいと思わなかったことはない」

あたしには何も言うことはなく、そして、どんな答えがくるかどうか知っていたけれど、こう言った。「ほんとに、それ以来、会ったことはないの？　一度も？」

父さんはかぶりを振った。このおそろしい静かな部屋の中に言葉を押し出したのは母さんで、父さんに口応えするなといつも叱っていたのに、初めてこう言った。「何カ月も、何年も……あの子の夢を見て、わたしに呼びかけてる、手をさしのばしていると思っていたわ。いまは、もう夢も見ない」

「でも、あたし見たの。十七歳の誕生日にだれかがやってくる、ってモリー・グルーが言っていて、そうなった――来て、話しかけた」あたしは両親を交互に見た。年寄りの山羊のディシスはその気になったら、あたしに話しかけられるんだよ、と、母さんに言って聞かせようとしていた幼い自分に戻った気がした。「その子、名前を二度言ったけど、聞き取れなかった。でも、あたしに向かって言ったの。だから行って見つけるわ」

まさかと思うが、その瞬間に父さんは立ち上がった。「だめだ、行ってはいかん」最後の言葉だけは切りつけるように叫んだが、その一語だけで、あとは冷たくしらじらとした無感動な調子で続けた。「娘がひとり、あいつら……ドリーミー……のところへ行ってしまった。それでもう充分だ。おまえをそんな危険な目に遭わせられん……許さん」母さんがその腕に手をかけたが、父さんは無意識にそれをふりはらっていた。「あの子を取っていったんだ。おまえを取らせるわけにはいかん。部屋の中に縛りつけておかなきゃならんとしても、あいつらには渡さん……」

言葉が止まったあと、もう二度と父さんは口をきかなくなるのではないかという気がした。身体から力が抜けていた。もはやこらえるべき息遣いはない。母さんは、たいそうおだやかに言った。「あんたは、この子がひとりで王さまに会いにゆくのを止められなかった。たった九歳だったのに」父さんは答えなかった。母さんはこっちを向いた。ただこう言った。「羊の生まれる季節が終わるまでは行きなさんな。それから、行くときは父さんには言いなさんな」それから台所仕事にかかり、タマネギを剥きはじめた。

2

実際には、羊の出産季節が過ぎてだいぶたってから、あたしは姉さんを探しに出発した。九歳――そうあたしが、リーア王さまに、村に来てグリフィンと戦ってくださいと頼みに出かけた年齢――のときには、他の人のこと、感じ方、求めているもの、何に傷つくかなどがよくわからなかったけれど、十七歳になると、なまなましくわかる。いまでは、ジーニアを失ったことが両親に何をしたのか、わかりすぎるくらいわかるし、あたしがもし戻らなかったら、両親ふたりきりの生活がどうなるか、想像しなくてもわかる。もちろん、九歳のあたし同様、今のあたしにも、両親が長年、考えるのも口に出すのも必死にこらえていた娘、生まれなかったことにしようとした娘と、自分が手をつないで得意満面で帰ってくるだろう、ということには確信があった。あたしは、毎晩、心の中でそのおめでたい場面を思いえがいて眠りに落ちた。

そう、でも、もしもそうならなかったら？　リーア王さまもシュメンドリックもモリーも――そして、絶対になにものもあたしに危害を加えることを許さなかったマルカ、あたしのマルカなしで――もしもジーニアの恐ろしい羽毛だらけのドリーミーたちがあたしをつかまえて、ふたりとも帰れなくなったら？　そしたら、あたしはどうするだろう。それは九歳の考え方ではないけれど、眠りこむときの有頂天はともかくとして、毎朝そう思いながら目が覚める。あたしに何ができるだろう。

できるだけ自分に正直にそう考えてみると、行かなくてもいい理由が、けっきょく見つかったかもしれない。たとえマルカがあたしからその選択を奪っていなくても。そう、マルカは死んだのだ。

病気じゃなかった――マルカは生まれたときから病気とは縁がなかった。ただ年を取って……でもまだ死んでいい年じゃなかった。絶対に。あたしのベッドで、ここ数年、いつも眠るときのように鼻先をあたしの腕の下につっこんで、そのままで死ぬなんてあんまりだ。マルカを長いこと抱いていた――二度目の、永遠の死――けれど、泣かなかった。そのときは。あとになって、母さんがあたしを抱きしめてくれているときに、初めて涙が出た。母さんは――聞こえないほどかすかな声で――「もう出発できるよ」と言ったのだ。

それでも、物事はそれほどかんたんではなかった。あたしは、仲良く幸せに過ごした〝スーズの森〟にマルカを埋め、いつも午後にはそこに行って、座って、話をした。ときには歌を歌った。あたしがおかしなちょっとした歌を作って歌ったときには、いつも喜んでいたから。そこを去るときには「さあ、お休み、マルカ——お休み、いい子だね。また明日の朝ね」と言った。そして、ほとんど毎朝会いにいった。

でもそのとき、姉さんがまたあらわれた。今度は父さんもそれを見た。

父さんはときどきひとりで、マルカのお墓参りに来てくれていた。父さんは木立の影にたたずんで、何も言わずに——マルカといっしょにいるあたしを——ただ見ているだけだった。それは気にならなかった。特別な時間をじゃまされたとも思わなかった。マルカはあたしの犬だけれど、みんなも同じ家族だった。マルカは父さんが来てくれたことを喜んでいたろう。

ジーニアが二度目にあらわれたとき、最初にそれを見たのは父さんだった。せせらぎのほとりに膝をついていて、野生の花を背にしているいまのほうが、この前、岩を背にしていたときより、はっきり見えた。まるで両手を流れに浸し、というか浸そうとしているように思えた。水はその指の間を、指に触れずに流れてゆく。そのとき頭を起こして、こっちをまっすぐに見た、その悲しそうな表情に、あたしは立ち上がって名前を呼んだ。でも、父さんのほうが早かった。

そのときの父さんの声は思い出したくない。

「ジーニー」と呼んだ。あとになって母さんは、そう呼ぶのは父さんだけだったと教えてくれた。

聞こえたのかどうかはわからないけれど、こっちを見たのは確かだ。両手をあげて、こっちへ――あたしたちのほうへ――さしのべたのが見え――そしてまた音もなく消え、足跡も残さず、枝一本折らずに、いなくなった。父さんとあたしは長いあいだ抱きあって、どちらも口をきかないでいた。

「生きているのはわかっていた」父さんがささやいた。「ときには……そうでなければいいとも思ったが――いつでもわかっていた……」

あたしは父さんを見た。「戻ってくるのが、こわかったの？　わからないわ」

父さんは言葉をすりつぶすように押し出した。「おまえはあの子が……いっしょに行ってしまったときを見ていないからな。とてもとても……嬉しそうで――自分は最初からあいつらの仲間で――短い生涯のあいだずっと待ちこがれていて、やっと来てくれた、といったふうだった。もしもそうだったら……わしらがあの子と暮らしていたのがまちがいだったら？　長年、いや、いまでもときどき……ベッドでそう考えるよ」

あたしは、妖精や〈良き民〉が人間の赤ちゃんを連れていってしまう話をいくつも知っていた。はっきりとこう言った。「違うよ、違う。そんなの、信じない。姉さんは、父さんの――あたしたちの――もので、帰ろうと道を探しているんだから、見つけにいって、いざとなれば、絶対あいつらから引き離してやる」そこまで言うつもりはなかった――ただ奔流のように口をついて出てきたのだ――思ったより長い時間、あたしの中で飛び出すのを待っている言葉だったのだろう。「あたし行く！　明日出発する！」

そう言うつもりもなかったけれど、もうそんなのはどうでもいい。何者であろうと、ほんとうにいるんだ。ジーニア、あたしの姉さんは。

驚いたことに、父さんはいっさい反対したり止めたりしなかった。ふりかえって考えてみると、もうすでに母さんとこのことといっさい――言えることとぜんぶ、あたしが言い返すだろうこともぜんぶ――を毎晩議論し終えていて、マルカの墓のそばであたしたちふたりが話したときには、もうすんだことだったのだ。

あたしは　王さまに会いに出かける前の晩の九歳のときよりももう少し実用的な支度をした。毛布、予備のズボン、暖かい靴下（前のときにはそれは頭をかすめもしなかった）、干し肉と果物を少し、なんとか楽に背負える一番大きな水筒。それから初めてナイフも持った。魔法の剣でも、しゃれた王侯貴族の短剣でもなく、父さんの二番目にいい、羊の去勢用のナイフで、群れの牡羊を一頭だけにする目的以外にも、何にでも使われていた。母さんの編み棒ほどの長さで、両手で握る斧としては使い勝手がよくなさそうだったけれど、持ちやすかった。自分のナイフを持ったことはなかった。これを持っていっていい？ときいたりしなかった。でも父さんには、わかっていただろう。なぜなら出発の前の晩に話をしたからで、ナイフはあたしのベッドの上で、ランプの明かりに鈍く光っていた。父さんはそれに目をやったけれど、手をのばして取り上げようとはしなかった。

あたしは、その日の別れの言葉を、一言一句覚えている。父さんは座って、あたしが荷造りの仕上げをしているのを見ていた。背負い袋を開け閉めしては、違う鍋を持ってゆくことにしたり、優美なエルクの皮の靴下の上にはく、もっと丈夫な長靴を探したりした。やっと終わったとき、父さんは初めてこう言った。「わしが何を一番おそれているかわかるかね」

あたしはふりむいて、言葉を待った。父さんは言った。「姉さんを見つけられないこと――姉さんが戻って来たがらないこと――じゃない。おまえは勇気があるし、絶対無事に連れて帰ってくるだろうと信じているよ」身体の前で両手を握りしめ、きつく指を組んだ。「でも、〈良き民〉については古い言い伝えがある」

「その名前で呼んじゃだめ、ということでしょ。そばにいて、その呼び方を聞かれたらだめ。うん、それは知っているわ」

「違う……もっと古い言い伝えだ」父さんは立ち上がって、あたしの両肩をつかんだ。やさしい手つきだったが、その手には痛みがこもっていた。「スーズ……〈良き民〉はいつでも、何かを取ったら、代わりを置いてゆく。男の子を盗んだら、男の子を置いてゆく。女の子を盗んだら……」

あたしは指先と髪の根が、じわじわ冷たくなるのを感じた。「ウィルフリードが生まれる前に、姉さんはいなくなったのよね」

「そして、そのあとで、おまえが生まれた」父さんの指がきつくなる。「わしらは何よりもおまえを愛しているよ。万一……」初めて、父さんは目をそらした。

「万一？」こわさで、あたしはいきなりかっとなった。「万一あたしが……？」

父さんは乾いた唇をなめ、口をとがらせた。「ものすごく古い話では、〈良き民〉は自分の子どもがいないときに人間の子どもを盗むというんだ——自分らは子どもを産めないからだ。でも代わりに……いつでも代わりの子を置いていく。置いていかなければ、ひとびとが怯えて、やつらを狩りたてに来るから。わかるかい、スーズ」

考えてみたが、わかりたくなかった。「でも、ジーニアの代わりの子は置いていかなかったんでしょ」

「そうだ。もしかしたら、あの子が自分から望んで、いっしょに行ったからかもしれない——わからん。あいつらにはあいつらのやり方があって、あいつらなりの気質がある。それからウィルフリードが生まれて、ほかにもいろいろ考えることがあった。最初の子のことは——決して——忘れないが、人間は、失ったことに折り合いをつけて生きてゆくようになる」父さんは肩をつかんだ手を放したが、目はじっと「わかっておくれ」と訴えていた。「そうしたらおまえが——」

「あたしが生まれたのね」小さいとき、両親にこの話をくりかえしてもらうのが好きだった。どうやってこの世にやってきて、いっしょに暮らすようになったのか。父さんの語り口が一番好きだったのは、毎回新しい部分をつけたしてくれるからで——父さんの声の違いを聞き逃すこともあり、たまには別の話を聞きたくないのかい、と母さんがしょっちゅう言うこともあったが、あたしはこの話が大好きだった……特にあたしが、話のとちゅうに割り込んで「あたしが生まれたのね」と宣言するところが。眠っていないときは、必ずそう叫んだし、そのときも……

「スーズ」父さんがくりかえした。「スーズ」

そのときほどこわい思いをしたことはない。今なら、それがわかる。

「おまえはわしらのもとに生まれたんじゃない」あたしはさっと身をひいて逃げようとしたが、父さんの腕はがっちりあたしを抱いて、それは絶望的にきつくて、あたしを押しつぶしそうだった。「スーズ……わしらはおまえを見つけたんだ」

「見つけた？」ささやき声しか出なかった。ガラスを呑み込んだように、喉がひりひりして血が出そうだったから。「見つけたって、どこで？　戸口で？　それ、行方不明のお姫さまがいつも見つかる場所じゃない？　きっとあたしは捨てられたお姫さまで、農家に置いていかれたのね」父さんがその言葉に傷ついたのがわかった。あたしはわざと言ったのだ。

　でも奇妙なことに、父さんはほほえんだ。悲しそうだったが、いつものなじみ深いやさしさでほほえんだ。「マルカは」と低い声で、「そのときのおまえと同じくらいの赤ん坊だった。乳離れしたばかりで、きっと母犬をひとりじめしていたんだろうな――他の子犬がお腹の中で死んでしまったのかもしれない。よくあることだ。でもマルカは元気でお腹を空かせていて――おまえと同じように歩けなかったが、もう目が開いていたから、マルカの見た最初のものがおまえだったんだろう」父さんは無理にくすりと笑おうとした。あたしにも笑ってもらおうとして。「というのも、おまえはマルカといっしょに籠に入っていたんだ。二匹の子犬のようにぐっすり眠っていて――全然目が覚めなかった。わしらがおまえたちを家の中へ運びこんだときも。それからずっと、おまえはここで暮らすことになった」

　父さんはお休み前にしてくれる物語のように明るくそう言ったが、あたしの目の中に結論を見てとっていた。あたしが答えた声は、だれかほかの人の声のようだった。「あの人たちが、あたしを籠に入れたのね。代わりのものを、温かくぬくぬくと、かわいい子犬といっしょに入れて、逃げてった――取り替えは成功したのね」身体がふるえて、ちゃんと言葉が出せなかった。「あたしと交換したんだ。姉さんを」

「そんなことは一度も思ったことがない――一度もだ。スーズ、わしを信じておくれ。おまえがうちに来てほんとうに嬉しかったので、疑問なんか持たなかった――運命のありがたさとしか思わず――」

終わりまで聞いていられなかった。「じゃ、父さんがきくべきだった質問がひとつあるわ。あたしはどこから来たの？」父さんの顔がまったく表情を失った。「妖精が子どもを産めないのだとしたら、いったいどうやって……どうやってあたしを作ったの？　ほんとうはあたしは石ころなの？　木なの？　魚なの？　ウィルフリードの持ってるような椅子なの？　それとも靴？」父さんは逃がすまいとしたが、あたしは身をふりもぎった。「あたしを愛してるのなら、あたしが何者だか教えて！　あたしの正体を！」

父さんは、静かに、というような手振りをし、戸口のほうをあごでしゃくってみせた。母さんを起こしたくないのだ。あたしは気にならなかった。父さんに向かってわめいた。

「知ってるんでしょ。知ってるくせに。知らないなんて言わせない！　教えて！」

　あたしと父さんの人生の中でたった一度、そのときだけは父さんがあたしのことをこわがっている、と思った。そのときの自分のこともこわかった。身体をふるわせ、怒りに言葉をつまらせながら吐きだしていた。いま思い出すと、よく泣かなかったものだと思う――一度も、まったく一度も。泣いても当然なのに。

「〈良き民〉たちは」父さんは感情のない声で静かに言った。「子どもを取ったら、何かを代わりに置いていく。猫や……豚や――薪を」

「薪」あたしは最後にもう一度、背負い袋を閉めて、ベッドから立ち上がった。「そうなのね。薪ざっぽう――そして生まれたばかりの子犬もつけた」あたしは一番お気に入りの外套に身体を押し込もうとし、父さんはそれを見ていた。「悪い取引じゃない、そう思ったのね」

　一生を過ごしてきた家から出てゆくとき、一度も父さんをふりかえらなかったことが、今でも悔やまれる。ふりかえるべきだった。ふりむかなかったことが、今でもつらい。

　父さんは追ってこなかった、追ってきてくれるだろうと思っていた。父さんは、あたしが戸口で足を止めてふりかえるだろうと思っていたと思う。あたしに思い出せるのは、やみくもに真っ暗な夜の闇に飛び出し、納屋を通りすぎ、豚の囲いを通りすぎたことだ。豚たちは眠そうに鳴きながら、あたしが通りすぎるのを見送っていた。それから、あたしは、ウィルフリードといっしょによく登った大きな胡桃《くるみ》の木の前を通りすぎた。兄さんは、よく、赤ん坊の妹と一番高い枝まで登りくらべをしようとしていたのだ。それから、しなだれた枝の陰にある狐の巣穴を通りすぎた。マルカには、その狐一家に手を出しちゃいけないと、何度も何度も言い聞かせなければならなかったっけ。それから、マルコス・マンネモスがあたしにキスして、ひっぱたかれた林を通りすぎた。そのことは後悔していない。彼はおやじさんの魚の塩漬け小屋そっくりの匂いがした。その魚は半額だけれど、いつも半分腐りかけていたことは、だれもが知っていた。息子のキスも似たようなものだった。

3

あたしはその夜一度も、走るのをやめなかった。ときどきよろよろと、つんのめるような歩きになったけれど。背負い袋は肩甲骨の間に、バンバンぶつかった。でも、あたしはひと晩じゅう、ほとんどの時間、突っ走って、〈良き民〉の目から以外は、女に変わった薪ざっぽうを見分けられない土地に行きたいと思った。それは完全に馬鹿げた考えだった。家族はこのあたりの羊の放牧地や搾乳場ではよく知られていて、あたしがよちよち歩きだったころを覚えていない人たちに出会うには、もっと先に行かねばならない。あたしはようやく、石に腰を下ろし、呼吸を整え、身づくろいをした。

あたしはどこへ向かっていたんだろう？　年が九歳で、シュメンドリックやモリー・グルーに王さまのところへ連れていってもらえたのとは違う。姉さんのジーニアはどこにいるのか、まったく見当がつかない……し、もしもさらわれたのだとしたら、そのものたちのあいだでどんな状態になっているのか。あたしにできるのは、あたしが見つけようとしていることを知っていて、そして、姉さんのほうもそのあたしを助けようとしているらしいと信じることだ。そうでなければ、なぜ、あたしだけでなく、父さんの前にも姿を見せたのか。父さんのことを考え、父さんと別れてきたやり方を思い出すと、胃が痛くなったので、ほかのことを考えようとした。

取り替え子の妹、血縁でもなく自然の存在でもない妹に救われることを、ジーニアはどう思うだろう。そういえば、変身した薪ざっぽうが人間の心を持てるものだろうか。あたしは胸に手をあて、そこにあたりまえの生命が脈打っていることをほぼ確信できた。でも、それ以上、なんの意味があるのか、わからなかった。

最後に考えるのをやめ、父さんのナイフを背負い袋から取り出し、手の甲にのっけてみた。使う目的がひとつしかないにしては、優美な造りで、これまで気づこうとも思わなかった洗練された感じが漂っていた。朝日を浴びながら、何度も手の中でひっくり返し続けた。ようやっと石に腰を下ろし、姉さん――ジーニア――に声を出して呼びかけた。

「聞こえたら、てつだってちょうだい。このナイフを空中に投げて、どこでも、それが落ちた方向へ径を歩いていくことにする。なんべんでも、必要なかぎり、やるわ。姉さんが見つかるまで。聞こえたら、てつだってちょうだい」と言って、ナイフを投げた。

ナイフは空中で夜明けの光を受けて、何度もくるくる回っていた。やっと地面に落ちると——それはあたしの座っている石から数フィートと離れていなかった——あたしはそれに跳びついて、抜き身の刃が左を向いているのを見た。見過ごしていた草ぼうぼうの細い径の上だ。あたりをさっと見回すと、長靴にこすりつけてナイフをきれいにし、大きく深呼吸して、その径に入り、蔓《つる》や小枝をなぎはらいながら進んでいくと、どちらへ続くともわからないあいまいな空き地に入りこんだ。でもあたしはもう一度父さんのナイフを投げた。今度は木にあたってはね返り、とげとげの茂みの中に一瞬姿を消した。もう一度見つけたとき、刃はもと来た方角をさしていた。その径を通るには、山羊のように頭を下げて、けんめいに進まなければならなかった。一時間かかった。

でも気にならなかった。なぜなら、姉さんをまた見たからだ。ジーニアを。

今度、姉さんは黄昏の光の中を近づいてきた。グリフィンがいなくともまだ怖い場所である〈闇の森〉よりも荒れた土地を、さらに一日歩きとおしたあとだ。顔にひっかき傷ができ、服は裂け、手首はナイフを前に投げ続ける動作のせいでこわばっていた。疲れすぎていて食欲がなかった。そして、あたしがジーニアを探しているという以外なんの手がかりもなく、ジーニアがそれを知っていてもあたしを歓迎してくれているのかどうか、わからなかった。できるのは、いましていることを続けるだけだ。

木の根の中でできるだけ居心地よくなろうとして、なんとか火をおこし——やり方を父さんからきちんと習ったことはない――背負い袋をまさぐって干し肉を探していると、ジーニアがそこにいた。弱々しい炎の向こうに、これまでに見たことがないほど、くっきり近々と、そこにいて、あたしをまっすぐに見ていた。家族に共通する灰色の目ともつれた黒っぽい髪。でも、背が高かったことにはいま初めて気づいた。父さんと同じくらいの背丈で、とてもきれいで、透明に近い薄茶色の皮膚をし、頬骨は大きな猫のようだった。

「こんにちは。あたしよ。スーズよ」あたしは、ひと呼吸置いてつけたした。「来たわ」

あたしの声が聞こえた――のは確かだと思う――が、姉さんはなんとか話しかけようとしているらしいのに、あたしに声は届かなかった。「案内を続けて。どこへ行くのか、あたしにはわからないから。でもきっと見つける。どんなに長くかかっても、絶対見つける」

するとと姉さんはほほえんだ。変身した薪ざっぽうであろうとなかろうと、あたしはしばらくのあいだ、ちゃんと息ができなかった。最初にユニコーンを見たときと同じような場面だったけれど、今度は違っていた。あたしが違ってしまったのだ。ジーニアは片手をこっちにさしのばし、何かを言おうとしていた――それから、またふっと消えてしまい、あたしは情けない小さな炎にできるだけすりよって身をまるめ、干し肉を齧りながら眠りに落ちた。口の中はひりひり乾いていたけれど、まるで笑顔で目を覚ましたときのような気分だった。実際に笑顔だったのかもしれない。

　はっきりと、いつ、どこから、ドリーミーたちの土地に入りこんだのかは、これからもわからないと思う。同じ夜のできごとだったのかもしれないし、薪ざっぽうであろうとなかろうと、あたしが父さんに心を残しながら逃げて走っているうち、気づかないうちに起きたできごとなのかもしれない。もしかしたら、あちら側への移行はほんとうに――ほんとうに――自分がだれで何者かわからないときにこそ、起きるのかもしれない。姉さんは四歳になったばかりだったのだ。

　そのとき、あたしにわかっていたのは、通りぬけていく土地はどんどん荒れ放題になっていき、最後に重苦しく繁った森から、不思議な木々の影と大きな立石の並ぶ中に出ると、そこには太い眉毛のようにいくつもの丘がおおいかぶさっていたことだ。これといったものには出合わず、なんだかわからない動物をちらちらと見かけるばかりで、一日もたたないうちに迷ってしまった。でも、父さんの小さな去勢ナイフの導きに従って、ひたすら進んだ。ときにはナイフを前方に投げ、ときには平らな地面の上でぐるぐる回し、それから切っ先がさしていると思われる方向に――姉さんのいる方向に――とぼとぼと向かっていった。

　そのあいだじゅう……ずっと――あたかも棒きれや手製の人形で遊んでいる子どもを見

守るかのように、あの人たちがあたしを見ている気がしていた。

その男たちの姿は一度も見えなかった。

いや、そうじゃない。実際に見たけれど、彼らを見つけたのが遅すぎた。まるで雲の影のようで、形がなく、しんとして、風の気まぐれに吹き動かされ、まったくなんの磁針にも従っていないようだった。彼らは雲のように音をたてない。あたしに何かをしているときでさえ、音をたてなかった。三人いたと思う。四人だったかもしれない。

いや、四人だ。ひとりごとのようにずっと歌っていたひとり。とてもかすかな声だったので、ときにはいないのではとさえ思った。でも夢で見るときには、いつも思い出す。いつもあそこにいた。悲しげな小さな歌とともに。

終わったときに、彼らはあたしの服をもう一度、戻すようにかぶせ——そうっと、やさしく、まるであたしを埋葬しているみたいに——それから、いなくなってしまった。そしてあたしも、そこからいなくなり、血と痛みと、おそろしいさびしさの中をさまようことになった。半分寝ていて、半分起きていて、半分泣いて——闇の中で叫んで——というのは夜の闇が下りてきたからで——いたが、はっと、あの人たちが戻ってくるかもしれないと気づいて泣き止んだ。月が昇り、それが辛かった。両腕で顔をおおった。

そして、モリー・グルーに会いたいと思った。今でも、今日このときまで、あたしはだれかに——だれかに会いたいと思ったことはないのに。モリーの皮肉、率直さ、すてきな顔以上のものはなかった。両親のではなく、母さん父さんではなく——そう、絶対にふたりに知られてはいけない。母さんはあたしを抱きしめ、父さんは羊や山羊の世話をする人手を雇って、無言で狩りに出かけるだろう。人生の中で、決して他人に手を、まして武器なんかを、あげたことがない父さん。でもそうしたことや、もっと悪いことが、あたしより若かったモリーの身に緑の森で起こって、でも死ななかった……いや死ぬどころか、やさしく恐れなく、人生を生きていき、自分の魔術師を見つけ——自分のユニコーンを見つけた。だからあたしもきっと……きっと……

　それであたしは月の下に横たわって、もう泣いたりせず——あれ以来ずっと泣いてない——まばゆい影があたしの上に広がったときに、モリーならこうしただろう、ということをする勇気が、あたしにも生まれていた。父さんの小さなナイフをつかんで、希望のない怒りから来る力すべてをふりしぼって、上からおおいかぶさる闇につっこんだのだ。相手をかすれ声で罵《ののし》ったと思うけれど、記憶はたいてい自分につごうがよいものになる。でもあたしが思い出すこと、最後の日まで覚えていることは、あたしの一撃に続く小さな痛みの叫びと、農場の道具が肉体に食い込むときの、このうえなく恐ろしい安堵感だった。神々よ許し給え——あれはいい気分だった——腹の底まで、骨の髄まで幸せになり——思った。家族にはこのことを絶対に知られてはいけない。絶対に……絶対に。

　相手に襲いかかった勢いであたしは立ち上がり、目の前に少女が――いや、女性がひとり――いて、着古して色の褪めた農民めいた毛織りのスモックを着ているのを見た。あたしよりも背が高く――ちらと見た感じでは年は同じくらいで――足は長くて肩幅が広く無愛想な動物のような顔をしていた。父さんのナイフ――いまではあたしのナイフだ――が彼女のわきばら、右の肋《あばら》のすぐ下から突き出していた。

　彼女は首を曲げて傷を眺めたが、まったくふらついてはいなかった。それからさりげなくナイフを抜いて、一瞬掌の上に置いた。ひとりごとのような低い声で言った。「わたしは運が悪かったみたい」ナイフをあたしのそばに落とし、毛織りのスモックの裂け目に手を触れた。ほんとうなら血でねばついた布がはがれてくるような場所。でも、あたしに見えたのは、塵のような色をした砂だけだった。砂粒がこすれあうような耳障りな音がずっと聞こえている気がした。

「血は出てないわ」馬鹿みたいにあたしは言った。「つまり――よかった――血が出てないってことだけど――ごめんなさい。あんたにけががさせたかな」あたしは恐怖と安堵で、べらべらとしゃべっていたが、自分でもとめられなかった。「ごめん、けがさせた？」

　女の人はかぶりを振った。あたしが相手のわきばらに作った傷から流れる奇妙な塵と同じ色をした目の隅っこから、あたしをおだやかに見ていた。「でも、あなたは傷ついたのでしょう——それで、死んでるか、死にかかってるか、できれば、手を貸したいと思ってそばに来てみたの」彼女はふいににこりとして、それは苦いひきつれのようだったけれど、でもおもしろがっているようでもあった。「でも、自分でちゃんとなんとかできるみたいね」

あたしが相手の足もとに倒れそうになったところを、相手がつかまえて立ち上がらせてくれた。触れた相手の身体は奇妙な感触だった。重くてみっしりして、蛇の肉のように冷たかったけれど、それほどいやでも恐ろしくもなかった「あんたが、あの人たちの仲間だと思って……あの男たちの。ごめんね、どうか許して」涙は出なかった——あたしの中にはさっきも言ったように、水分が残っていなかった——そして水がほしくて身体そのものがふるえた。聞こえないくらいの声で、自分がこう言っていた。「わけがわからない」

「わかるわけないでしょう。あなた、わたしみたいなものに会ったことがなかったから」その声は男のように低くて深かった。「わたしはダクハウン」それは口にした名前の一部だったけれど、響きはそれに近かった。彼女が発音した名前は、神々すべての名前を一気に唱えたほど長く、何よりも咳のようだった。だから、いつもかんたんに〝ダクハウン〟と呼んだ。

「あたしはスーズ」言うと、驚いたことに、彼女は少し笑った。その笑い声にさえ、ゆるい重量があった。きしるような音だった。彼女の母語では、あたしの名前は子どものおもちゃというか、父さんがウィルフリードとあたしのために作ってくれた、けん玉のようなものをさす言葉に似ているようだ。彼女が発音すると、毎回それは〝スーウズ〟と聞こえた。

　あたしは何が自分に起きたのかを説明し、あんたを刺してごめんなさいともう一度謝った。「ほら……これ、父さんの小さな、農場用ナイフで……」とつかみあげ、掌にのせて相手に見せた。何に使うものかも説明した。「ほら、全然血も出てない……だれも殺せない」刃は奇妙にぬくもっていた。

　ダクハウンは静かに言った。「ラードリアクくらいなら殺せるかも」その言葉は彼女の口を裂くように出てきて、唇と歯の上にひっかかった。「それがほんとの使い道だったのかも」

「ラードリアク」うっすらとした曙光の中の彼女は、同じ年くらいに見えた。肌は砂漠でとれる蜂蜜のような金褐色だったが、目と髪は流水のように、不思議に淡い色をしていた。

「ラードリアクはあんたの仲間？」

　ダクハウンはまた笑ったが、あたしの名前を聞いて笑ったのとは、まったく違う笑いだった。「わたしの生まれた部族はカドリ。ラードリアクはカドリで、ひと――わたしみたいな生き物――をさす言葉。石でできたもの」

　彼女の胸の下の傷から、まだ灰色の塵がはらはらと舞い落ちている。腕に感じた重たい固さが忘れられない。あたしは愚かしく言った。「石。ラードリアク……」あたしは相手をじっと見つめるのをやめようと、首をふった。

「ときどきだけど、わたしの種族では、子ども――そう、人間の肉でできてない子どもが生まれる。ならわしだと、そうした怪物はすぐに殺して、二度とその話をしないことになっている。それは確かに正しいと思う」

　最後の言葉にはかすかな問いかけの響きがあった。相手に同意を求めるような。あたしは何も言わず、ちょっとたってから、ダクハウンが続けた。「でもうちの親は、わたしが産声をあげたときから愛してくれて、自分の責任で育てることにして、ほかの子どもと同じように大事にしてくれた」声は疲れと喪失感の底しれない井戸の底から響いてくるようだった。「親がカドリの中で身分が高くなかったら、わたしは今ここにいない。でも、長い年月のあいだに、親たちへの恐怖や怒りがみんなの中で高まっていったから、ある晩、わたしは親のためを思って家を抜け出し、ひとりで世界に出ていった」色の薄い目は思い出に暗くなったが、ふたたび、あの奇妙なひきつったような笑みが浮かんだ。「運だめしに。昔話によくあるみたいに」

「石ね」あたしはまた言った。「でもあたしが刺し……じゃなくてナイフ、ナイフが刺さるって……」続きは言えなかったので、ぶつけるようにこう言った。「どうして……身体が石でできてるの」

ダクハウンは肩をすくめた。背が高いので、それは妙にのろくてぎごちない動きに見えた。「カドリの話に出てくるかぎりでは、ラードリアクはだれでも身体に一箇所弱い部分を持ってる――でなければ、部族全体を支配してしまって、永遠にそれは続くはず」ひと息おいて、感情のこもらない声で続けた。「わたしが小さいとき、他の子どもたちはわたしの弱い部分を探すのをすごく楽しんでいた。お気に入りの遊びだった」

ウィルフリードと従弟たちが、あたし相手に考えだした遊びがふいに思い出されて、息が詰まり、言葉が出なくなった。「あたしにはわからない……」

あたしが黙ったのは、いらだつような、でも、どこかやさしいしぐさのせいだった。

「お願いだから、わたしを殺そうとしたことをもう二度と謝ったりしないでね。あなたがどんなに悲しんでも、わたしはそれよりずっとずっと感謝している。それは信じて。こんな自分でいるのはさびしいわ――生まれてから生きのびた、わずかひとにぎりのラードリアクのひとりだということ。わたしのお父さんお母さんは……」と言葉を切り、あたしの向こうに目をやった。「両親はまちがったことをした。わたしを生かしておいた。わたしはふたりの過ちをやわらげる義務を負っている、それだけ。でも旅を続ける前に、あなたの面倒をみなければならないわ。そうさせてくれるなら……」

ダクハウンが自分の言葉、つまりカドリの言葉で話すのを聞いたことはなかったから、それがあたしたちの言葉を使っているせいで、かたくるしくてそっけなく聞こえたのかどうか、わからない。あたしは弱々しく反論――あの四人の男に身体と精神を奪われてから、あたしのひかえめさははるか彼方に行ってしまった――したけれど、それでも他の女性に抱かれて、できるだけきれいにしてもらって……あたしじゃない他の人に……他の場所で……おそろしいことがされた始末をしてもらうと、やっぱり心がおちついた……

彼女が世話をしてくれているあいだ、どのくらい眠っていたのかわからない。彼女の飲み水で身体を洗ってもらい、たぶん自分の服を裂いてくれたのだろう、やわらかな布で傷をぬぐってもらった。もつれた草の上にもう一度寝かされたので、やっと目が覚めたとき、彼女は背を向けようとしていた。背中には、いま初めて気づいた、小さな旅用の袋をぶらさげていた。青ざめて、とても疲れた顔だった。

あたしがよろよろと立ち上がると、彼女はぎくりとした。「どこへ行くの？」とあたしは言い、そのとき、ダクハウンの最後の〝旅〟という言葉を思い出したので、こう言った。

「何を探しているの？　もしかしたら……あたしがてつだえるかも」その瞬間、あたしの記憶にのしかかってきた、置いていかれる、という考えは、とうてい耐えられないほどの孤独感になっていた。

　ダクハウンがふりかえってあたしを見たとき、その目の中の静けさは、この人はほんとうに石でできているんだと信じさせてくれた。「〝死神〟を探しているの。夜には見つかると思っていた。あなたに気をとられなかったらね。でも、今日追いつける――遅くても明日には追いつける。待っているから。そう言ってくれた」

「そうなの？」あたしたちは見つめあった。「あたしは姉さんを探している。小さいときに、ドリーミー――〈良き民〉――といっしょに行っちゃった。だからあたしがいま探している。でも道がわからなくなって……」突然、そこで言葉が出なくなった。でも、泣いてはいない。泣かなかった。

　ダクハウンが近寄ってきた。袋を落としたが、気にも留めていないようだ。「姉さんをなくしたのはどのくらい前？　十年――十五年？」

「二十年……あたしは生まれていなかった」

「それなら、まだ生きているとは言えないんじゃ？」

「言える！」その瞬間、あたしはただ、怒った子どもになっていた。「三度あたしのところへ来て、そのたびに、自分を探して、父さんと母さんのところへ連れて帰って、とはっきり訴えてた」ひと息入れて、あたしは訂正した。「つまりあたしたちの両親のところへ、ね」ダクハウンを知ったのはほんの少し前だけれど、彼女がこの言い換えを聞き逃したとは一瞬たりとも思わなかった。

「二十年……」ダクハウンはあたしではない、だれかに話しかけているようだった。「そう。わたしはここで、それよりもずっと長いあいだ〝死神〟のあとを追いかけ続けてる。でもその姿がちゃんと見えたことはない。わたしたち、似たものどうしね」

ずっと長いあいだ……じゃ、この人は今いくつ？　その瞬間わかっていたのは、あたしを置いていかないでほしい、ということだけだった。「じゃ、ここで——ただいつも身をかわしていってしまう〝死神〟を探している石の女の人と——」ダクハウンはちょっと鼻白んだようだったが、否定はしなかった——「それから、薪ざっぽうが変身した女が姉さんを探している。ああ、ほんとに似たものどうしね」

自分のことを変身した薪ざっぽうと言ったあたしに、それはどういう意味か、すぐに聞き返さなかったところからすると、ダクハウンには何か見当がついていたのだろう。大切なのは、初めて声をあげて笑ってくれたことだ。それは全然違う喉から飛び出して、心がこもり、温かくて、ほんとうに楽しそうな音楽に聞こえた。その笑い声で、一瞬あたしは安心の中に包みこまれた。今もその声は耳について離れない。

「でしょ？　ほんとにそうよね。とにかく〝死神〟に通じる道をたどるには相棒が必要で、あんたとあたしはぴったりじゃない？　考えてみると」ダクハウンはあたしが思っていたより、ずっと高い枝にとまっているかのように、じいっとあたしを見つめた。「でも、〝死神〟がこっちを――最後に――向いたら、わきにのいて、絶対にふりむかないで。わたしたちの間には、まだけりのついてない問題がある」

「いいわ。あたしがジーニアを見つけ――見つけるつもりだけど――さらった人たちから取り戻したら、そのまままっすぐ、いっしょにうちへ帰るわ」ダクハウンの笑い声が頭に残っていたためか、あたしはこうつけ加えた。「道がわかればね」そして初めてふたりしていっしょに笑った。

「さて、あなたが歩けるなら。〝死神〟はわたしを待っていてくれるそうだけど、永遠にじゃないわ」

それで、あたしとダクハウンはいっしょに出発した。

4

ダクハウンは自信ありげだったのに、どこで〝死神〟を見つけられるか――それがまったくわかっていないことが、旅の初日にして明らかになった。姉さんを探すあたしの旅と同じだ。ジーニアはあれ以来……あの男たち以来……姿を見せていないので、あたしはあの事件とジーニアが消えたことの間に、関係があるのではないかと、考えずにはいられなかった。あたしは歩きながら、唐突にふりかえり、四方八方を見回した。しっかり目を凝らして、念じ続けたら、あの影のような姿、静かな声があらわれてくるのではないか、と思って。でも、あの声は、あたしの中に響かず、他のどこにもささやきかけないので、ドリーミーの国をただ、がむしゃらに歩き続けるしかなかった。

ドリーミーの国……

今でもときどき、そんな場所はない、ただの思い込み――夢に見ただけ――だったのだという気がする。風景はたえずうつりかわり、砂漠は薄れて、沼地になったかと思うと春の草地になり、悲しいほどふるさとそっくりの農地になったり、黒い針葉樹の森に溶けこんでいったりした。すべては夢の国らしく、魔法めいて非現実的で……しかも葉っぱには触れることができ、虫が手の上を這ったりするので、さらに非現実的に感じられた。まったくわけがわからないとしても、その体験は止められなかった。

ときに、ここは隅から隅まであたしのために作り上げられているのではないかと思うこともあった。市場で旅の一座がやっている芝居の主人公のように、あたしのまわりにいっさいがつごうよく整えられているのではないか。でも、それ以上に、毎日毎日、一瞬、一瞬、自分が子どものようにごっこ遊びを創りあげているのではないか、とも考えていた。子どもは必要とあれば、毎日、世界を創りあげてしまう。

でもドリーミーの国に子どもはいなかった。ひとりも見かけなかった。

姉さんを見つけることにとりつかれていて、世にも不思議なこの場所を旅した最初の数日は、だれにも会いたくなかった。いつもあの四人の男が、こっちを見ているのが見えた。どちらへ首をめぐらしても、影の中からこっちを見ていたり、ダクハウンとあたしがざばざば渡ってゆく川床からこちらを見上げていたりした。梢《こずえ》や雲や大石からも見下ろしていた——最初の日にジーニアを見たのと似たような感じだ。こっちを見ている……

ドリーミーたちもあたしを見ていた。

あたしはダクハウンに会ってから、初めて彼らが見えるようになった——初めて知った相手を殺そうとするという態度を〝会う〟と呼ぶのが正しいとしたらだが。それ以前、ひとりで歩いていたときは、リスや鳥、小さな手をした青い小蛇、うちで育てていたような羊、山羊——そして今にいたるまで名前のわからないいくつかの生き物も見た。いや、名前はわかるけれど、言いたくない。でも姉さんを連れていったドリーミーたちは、ときおりのつぶやき声、ちらちらと来る目線、真夜中のささやき声以上のものではなかった。あれはきっとドリーミーだ、とわかっていたときでさえも。ダクハウンはときどき、あたしのほうに目をやらずに、つついてきて、さわさわと輝く人影のようなものを指さした。最初はあたしの目にとまらないほどの速さだった。

　でも、顔が近づいてくると……

　愛らしい、迷子のような、賢い、半ば正気でない、甘く邪悪なドリーミーたちの顔は、茂みややぶや、時に水たまりからあたしを見ていて——その顔はふっとあたしのすぐそばに近づき——木立の中をはねおどったり、月光の中を泳ぎさったりした。ふくみ笑い、くすくす笑いで、あたしをからかって眠らせまいとし、話しかけてくると、ほとんどの言葉が理解できた。

　たいてい彼らは夜明けの少し前、または太陽が沈んだ直後にあらわれた。お互いに似かよってはいない。それぞれを見分けられるようになるのに、少し時間がかかった——くつくつ笑う魔女めいた女性、足をひきずりながら、蠟燭の炎のように消えたりあらわれたりする熊みたいなひと。いつでもダクハウンとあたしの間を無言でつきまとうように歩く女性、それから黒い目をして、けらけら笑う猿のような額の少女。年老いた天使を思わせるやさしい顔の男性……この人たちがジーニアをさらっていったものたちなのか。幼すぎて相手がなにものかわからなかったジーニアをおびき寄せたものたちなのか。父さんによれば、ジーニアが〝ドリーミー〟と呼んでいたのは、眠っているときにやってきたからだ。

「おかしな歌を歌って、あの子を笑わせてくれたらしい……」

あたしには何も歌いかけてこなかった。嘲《あざけ》るような晴れやかさと、あの四人の男の手と匂いにとりつかれ、ドリーミーの国ではよく眠れなかった。でも、彼らの姿は見えたし、あっちもこっちを——あたしを——姉さんが見たように見た。それに疑いはない。そうした顔たちは楽しげにあたしを脅して、探索をやめさせ、自分本来の世界へ戻るよううながしていた。前に起きたことよりずっと悪いことが、次の曲がり角の先で待っているかもしれないからね、と。また川——一本だけの川がかたわらを、いかにもおとぎ話らしく流れていたが、それはやがて低い丘のほうへ、というか繁った森のほうへ遠ざかってゆき、あたしたちはとりあえず東の方角へ、とぼとぼと進んでいた。太陽や星もこの土地ではあてにならない——方角も、そして時間もしょっちゅうわからなくなる。

あたしは、たえず彼ら、ドリーミーの顔が見えないかと探し続けていた。熱心に、食い入るように、次から次へとあらわれる顔を見つめ、そのまばゆさの裏にある、大切な家族からジーニアを嬉々としておびき寄せた魅惑がなんなのかを見つけようとした。でも彼らは笑ったり、あたしとふざけたりしながらも、何も言わないので、あたしは、さっき本気で殺そうとした女性と並んで、足をひきずりながら進んでいた。

ダクハウンはある意味では、やっかいな旅仲間だったが、やがてその癖ややり方にも慣れた。着実な速さで歩き続け、長い足であたしの前を大股に進み、あたしは追いつこうとしばしば小走りになった。けれどときどき、ふいと道からそれ——道といっても、一夜のあいだにドリーミーたちがまったく新しく作り直す土地の中の道だ——わきへ、ひょい、ひょいとそれ、ときに半時間ほど戻ってこなかった。あたしはその間じゅう、よろよろ歩き続けていた。なぜ、そんなことをするの、と、きくと短く言った。「あいつはずるいから。馬鹿な罠ばかりしかけるのよ」〝死神〟を探しているのだろうけれど、相手をろくに敬ってはいないようだった。

石でできていようとそうでなかろうと——そして、あたしには相手の身体が冷たく重かったという証拠、あたしが胸の下につけた傷がまったくふさがらないという証拠しか、石に関してはないのだけれど――ダクハウンほど力の強い相手には会ったことがない。うずまく流れの上の吊り橋――さっきも言ったが、この土地は毎日、形と手触りを変えるのだ――を渡っていて、あたしが蔓の隙間から落ちてしまったとき――それがわかった。ダクハウンはあたしが落ちた、と思うまもなく、空中であたしをつかまえ、片方の足首をつかんで固い地上に引っぱりあげてくれたが、その指の跡が数日残った。あたしをちゃんと立ち上がらせたときも、大して息が切れていなかった。

どちらにとってもひやりとする体験だったが、それでも命を救ってもらったことに、ダクハウンにお礼を言うと、びっくりされた。まるで寝ているあいだにしたことに、たった今気がついたといったふうだ。だんだんと、お互いの中心的な意思疎通の手段になってきた、半ばふざけたような愚痴っぽい口調で、彼女はこう言った。「そのぶきような足に気をつけて。向こうのしかけた罠ぜんぶから、あなたを守ってるわけにはいかないからね」彼女のもくろみどおり、あたしは笑い、つつがなくいっしょに吊り橋を渡りきった。

食べ物はときに手に入る程度だったけれど、ダクハウンはまるで意に介さなかった。「どうして石に食べるなんて必要があるの？　お母さんは気の毒に、わたしが栄養をとらず、お母さんを喜ばすためにたまにものを食べるだけなので困っていた。でも、石なんだから」ダクハウンはあたしの見るところ、雨水だけで生きていた。まれに、道のわきの雑草をもぐもぐ噛んでいた。ほうきかやのような草だ。「全然味はしないけど、栄養はある。もし、あなたが食べたいんなら」

驚いたことに、ダクハウンは有能な狩人の腕前を発揮した。ただひとつの問題は食事——あたしの食事——が、めちゃくちゃな時間に出てくることだ。たいていは夜明けや黄昏前で、冷え込んだ真夜中ということもままあり、そういうときにあたしを起こして、いますぐ食事よ、と言うのだった。そして、あたしの食べたほとんどのもの——木の根や兎や魚——はナマのまま喉をくだったが、彼女はそれこそ一番健康な食べ方だと考えていた。彼女なりに、あたしに良かれと思ってしてくれていたのだ。

口数は少なかった。まるまる何日も、「おはよう」と「お休み」以外、「穴や落とし罠に気をつけて」以外は口をきかなかった。ときどき、あたしにもたやすく見てとれたが、ダクハウンはあたしを同行させたことを後悔していたに違いない。あたしの年齢でもわかるのは、本気の〝死神〟探しは、とても個人的な仕事だということで、そのときがきて、最後に〝死神〟がダクハウンとの大昔の約束を守ろうと待ち構えているところに出くわしたら、さっさと身をひいて、かかわらないことにしようと思った。そのときになったら、ただ〝さよなら〟と言えばいいのだろうか。夜になると、その考えがたえず頭の中を行ったり来たりした。

ダクハウンは父さんの小さなナイフを、口には出さないが恐れていた。彼女が見せるひるんだ表情や、色の薄い目やしぐさに痛みを読み取ったことはなかったけれど。ナイフは実際、なさけない状態になって、先は鈍くなり、刃は無残にえぐれ、まるで火に焼かれたようだった。実はうちを出た夜から、あたしは行く先が心もとなくなっていて、ナイフが何か魔法の羅針盤のようなものだと想像するのをやめていた。今ではそれを見ると、ただおちつかない気持ちになり、それでもって身を守れなかったことを思い出すだけだ。ダクハウンさえ許してくれたら、ナイフを捨ててしまいたかった。でも、彼女はそうしなかった。

よくこう言ったものだ。「それは、勇者の炎の剣じゃないし、へぼ魔術師の叡智の杖でもない。でも、あなたにとって何か意味があるの。何か……なぜか」

ある夜、あたしが太った沼ネズミを捌いているのを見つめながら——少なくとも二日間お腹がぺこぺこだったあとでは、それは沼ネズミにしか見えなかった——ダクハウンは考え深そうに言った。「それ、ドゥルリ産ね。知らなかった？ つまりドゥルリ丘陵で、訓練を受けた鍛冶が、ある種の鉱石をある瞬間に加えることで、作り出されるの。それが、こんな小さな刃物に使われたのは見たことがなかった」彼女はいつものように刃を掌の上でひっくり返しながら、あたしがとうの昔にそのナイフに向けなくなった、うやうやしい目つきで扱っていた。「よくできてる」それだけ言った。

ダクハウンは大して眠らず、眠ってもぐっすりとではなかった。夜のあいだ、高い枝の上で何かが動くと、すぐにすっくと立ち上がった。よくあったのは、あたしが息苦しいような夢の中で、闇の中のささやき声やくつくつ笑いに向かって役立たずのナイフをふりまわすとき、起こしてくれることだった。そうしてあたしを——いつものように何も言わずに——抱きしめていてくれて、そのうちにあたしは、それが彼女の手だと改めて思い出せるのだった。

5

その少年が初めてやってきたとき、見つけたのはあたしだった。

何日か続けて朝方、あたしたちを四方からぐるりと取り巻く足跡を見かけた——きっちりと正確で、人間の足跡に似ているが、足指が四本しかなく、真ん中で蹄《ひづめ》のように二本ずつに分かれていた。平然と歩き回っているらしく、眠っていたあたしたちの頭のそばを、たくさんの足跡が大胆にも、目を覚まさせずに通りぬけていた。ダクハウンは足跡にこぶしをふりあげ、自分の民の言葉で罵った。そのあとしばらくは、まったく眠らなくなった。

それは彼女が道でふらついた最初の日だった。心臓のすぐ下の、決してふさがらない、砂のもれる傷跡をのぞけば、あたしは自分の無茶な襲撃は彼女に危険や苦痛をもたらしていない、と信じかかっていた。あたしの良心を刺したのは、倒木をまたぐ力強い足がよろめいたことではなく、あたしがそれに気づいたかどうかを探るように、さっと斜めに投げてよこした視線だった。弱ったさまを見せたのはそのとき一度きりだった。ダクハウンが速度をあげたように見える時も、力を抜いてとか、ちょっと休もう、とか声をかけないほうがいいと、あたしにももうわかっていた。でも、自分が見抜いていること、恐れていることは、隠しようがなかった。

その夜、蔓草におおわれた空き地で、たき火をはさんで向かい合っていたとき、ダクハウンは、遠い彼方の沈黙の中から言った。「あなたの姉さんを探しにいってもむだ。うちに帰るのがいい」

口を開こうとした時まで、あたしはどれほど自分が疲れているか、ひとりごとめいて歌っていた男に手を出されたとき以来の疲れが、どれだけ心臓に食い込んでいたかということに、気づかなかった。「うちはどこにあるっていうの。あんたと約束して待ち構えている〝死神〟を見つけるより、帰り道を見つけるほうが難しいよ」それはかつてふたりの間の冗談口だったけれど、いまでは呼吸と同じくらい、なまなましい真実になっていた。ジーニア探しの結果、あたしは襲われ、打ちのめされ、さすらいの身となった。そしてダクハウンの使命のほうも……そう〝死神〟は、みんなにそうしたように、嘘をついたのだ。それだけのことだ。「あたしはあんたに責任がある。あんたが引っ返すなら、戻る。でなければ戻らない」

ダクハウンはじっとあたしを見た。笑い飛ばされるかと思った。わたしの宿命の一部を背負いたいなんて愚かよ、と嘲る笑い。でも、彼女はあたしを初めて見たかのようにじっと見つめた。獲物を取ってやったことなどないかのように、荒れる川に転落するのを助けたことなどないかのように。冬のように青白い目が、力強いこぶしのようにあたしをとらえ、そのとき、あたしはそこに石を見た。ゆっくりと打つ心臓と、あたしのつけた傷から滴《したた》る砂めいた血液の背後に、石の骨格があった。たまたま彼女を愛してしまった親と、それから壊れてしまった子どものために——あたしはそれを疑ったことはない——彼女は道をそれたのだ。なぜなら、数歳しか違わないにしても、あたしは彼女にとって子どもだったから。相手の目の中に、それが読み取れた。

　あたしが最後に眠りに落ちたときも、彼女は火のそばにずっと座っていた。あたしは自分が横になったことは覚えていないけれど、目が覚めてみると、毎日ぼろぼろになってゆき、毎朝の霧でじっとりしめってゆく彼女のマントを、上にかけられて横になっていた。ダクハウンは見当たらず、その場所に代わりに座っていたのは、八、九歳にしか見えない少年——ドリーミーの国で初めて見た子ども——だった。魚のように青白く、目と髪は冷えた泥の色で、こちらに身をかがめ、膝に両肘をあずけてじっと見つめてきた。いや、〝あずけて〟というのは違う。いざとなればぱっと立ち上がって、そこにいた形跡も残さず、走り去ることができそうだった。あたしが目を覚ましているのを見ると、小さなとがった魚の歯を見せて笑ったので、あたしは言った。「きみが〝死神〟なら、ダクハウンがきみを探しているよ」

魚の歯がもう少しむき出しになると、先がぬらぬらと光っていた。疲れて身体が冷えきったあたしは、相手を恐れるどころではなかった。「もうじき戻ってくるはずだから。待ってて」

彼の声は予想外に低く、そして美しかった。「あのあわれな石のやつは、ぼくらには関係ない。ぼくらが気にかけるのはきみだ。見たことのない姉さんを探して、想像できる以上にきみを憎んでいる国を、端から端まで旅してきたね。この国は、きみが道に迷ってのたれ死に、姉さんに触れることも抱くこともできないようにしようとしていた。だのに、きみは進み続けた……」彼はあきれたように首をふった。「烙印《らくいん》を捺《お》され、火傷を負って、それでもいつまでも……いつまでも……進み続けるんだ……」最後の言葉はわき起こりはじめた嵐の中の打鐘浮標《ベルブイ》のようだった。

「ほかにどうすればいいって言うの」あたしはダクハウンなら言いそうな調子できいた。「どうして石に食べるなんて必要があるの」ものを食べないことについて、母親が心配していたときにダクハウンがそう言ったように。「姉さんぬきでは帰らないわ」

「それなら絶対に帰れないな」少年の笑み――少年だとしたらだけれど――はあたしの皮

膚に食い込んだ。ダクハウンも同じようにほほえんだが、そのときの痛みとは違っていた。その笑みを見ると、あたしはいつも、彼女を慰めたくなった。もちろんそんなことはしなかったけれど。

「なぜ、姉さんを連れてったの」自分の口が勝手に動いてしゃべるまでは、そんなことを尋ねようとは思っていなかった。「姉さんはまだ子どもだった――赤ちゃんだった。あんたたちが盗んで、置き去りに……」

最後まで言えると思った。もう一度言おうとした。

少年は言った。「あの子は生まれる前から、ぼくらの仲間だった。こっちに来るのはわかっていた」

どう答えていいか、今はわからなかった。なぜなら彼は、きっと顔をあげたその瞬間に、消えてしまったからだ。予想どおりに。ダクハウンが同じ場所に立っていて、首のそばに、役に立たない蝙蝠《こうもり》の翼をつけた、羽毛のある蛙のようなものをのせていた。蛙のたいていの羽毛――だとしたらだけれど――を、彼女は引き抜いてしまっていた。

「ここに人がいたんだけど、〝死神〟じゃないと思う。あたし、あんたが探していると言っておいてあげた」

「〝死神〟じゃないわ」ダクハウンはきっぱりと言った。「〝死神〟は嘘つき――そう、いつもそう――だけど、待ってくれているはず」と、蛙のようなものをこっちにさしだした。あたしにできるのは、突っ立っている彼女にお礼を言って、冷えた灰の熾火《おきび》でそれを半ばあぶるようなふりをすることだけだった。ダクハウンは言った。「さっきのは本気よ。あなたがここで向きを変えて帰って――まっすぐに、もと来た道をたどるつもりなら――この場所はあなたを手放して、あなたをうちまで案内してくれるはず。わかるのよ、スーズ」ダクハウンはあたしを名前で呼んだことはほとんどないし、それもちゃんと発音できなかった。

「あんたもそうするなら」とだけあたしは言った。ダクハウンは肩をすくめ、あたしが蛙らしきものをなんとか処理し、ダクハウンの狩りの成果を侮辱しないよう、呑み下し終わるまで、黙って待っていた。それからあたしたちは、まだ暗かったが出発した。昼か夜かは、どちらにとってもだんだん意味を持たなくなっていた。ダクハウンは、あたしがいつ休みたくなるか、あたしが自分でわかるより前に、わかるようだった。あたしたちは先へ進んだ。

　薄暗くなると、あたりはまた様相を変えていった。青緑の草地が足の下で波打つのが見えた。歩きやすく、弾力性もあり――芝生には小さな紫のデイジーがちりばめられていた――が、ほんとうの街道や小径はなく、ほとんど木もなく、ドリーミーの姿はほとんどなかった。ドリーミーは木が好きだ。たえず木々の後ろから、ちらちら顔をのぞかせ、リスのように木立を自然に飛び移って進む。ときには梢で踊ったり、しかめっ面をしたり、姉さんに夢の中で歌って聞かせたらしい、馬鹿馬鹿しい歌を歌ったりした。あたしは絶対にその歌を忘れない。

　魚の笑顔の少年――さっき見失った――が、薄闇の彼方をこちらについてくるが、あたしは見ないふりをした。〝烙印を捺され、火傷を負って……〟

　彼の名前はわからなかった。ドリーミーには名前がない――つまり、ないと思うということだ。区別ができるようになったのは、〝猫兎〟……〝片目のうなり屋〟……〝毛布泥棒〟……とか、そんなふうに勝手に名づけた手合いだ。

　お互いをどう呼び合っているのだろう。姉さんのことは特別にどう呼んでいたんだろう。あたしの考えをずっと追ってきたかのように、ダクハウンがいきなりきいた。「姉さんは自分の名前を覚えていると思う？　この世界で？」

　前にも同じ質問をされた。答えがわからなかったので、腹がたった。「自分がなにものかはわかってるはず。あたしのことも知ってるし、〝死神〟があんたから身を隠してるのとは違って、あたしから逃げ隠れはしない」わざと意地悪に言ってやったが、それは父さんの小さなナイフ以上に、ダクハウンに傷を負わせたかもしれないと思う。陽が昇る前におわびを言おうとすると、それより前に許してくれた。あたしにはそんなことはできない。でもダクハウンは、あたしには見えなかったジーニアを見つけた。その同じ日にだ。それはもう日没に近いころで、ドリーミーたちがもっとも活発になる時間だ。ジーニアをさらったのもそのとき……いや、さらったのではなく、おびき寄せたのだ。ジーニアは喜んで進んで自分からついていった。それを忘れないようにしなければ。父さんがそう言ったときの目は忘れられない。

ダクハウンとあたしはその夜、しめった枯葉が積もった浅い窪地で過ごさねばならなかった。この土地では季節も、時や風景と同じく意味をなさない。夏のおだやかな夜に眠って、顔に降る雪や、真冬の吹雪の吠えたける音で目が覚める。あたしはいつもの何もない夜空を見上げながら、せめて星ひとつでも見えないか、月光の慰めでもないか、と思っていた。でもドリーミーの土地には子どももいないし、星もなく、月は沈んでいた。

少しは眠ったに違いない。いきなりはっと目が覚めて身を起こして座ると、ダクハウンがのぞきこんでいて、青白い目は見たこともないほど勝ち誇って輝いていた。「あそこよ！」低い声が、あたしの耳の中で炎のようにはぜた。「ほら、見えない？」片手であたしの腕を強くつかみ、ひきずり立たせ、もう片手で闇の中を指さした。「いまよ、今夜連れてゆくの――ふたりで！　ふたりで帰るのよ」

しばらく闇の向こうには何もなかった。ただ木々とひね曲がった木々の影だけだ。ただ、ぱたぱたという奇妙な足音が一晩じゅう、毎晩――続き、それはドリーミーたちが寝苦しそうに転々としながら、息をついている音のようだった。少なくともふだんなら、きっとそうだと思った。ドリーミーたちが実際眠るのかどうか今でもわからない。ダクハウンについてわからないことが多いのと同じだ。最後に、半分うつらうつらしながら、でも頭の中は冴えていたあたしにわかっていたのは、絶対にジーニアは見つからない、そしてうちへも帰れないということだった。まさにそのとき、あたしは疲れすぎていて、何も考えられなかった。

そのとき姉さんが見えた。

向こうもこっちを見た。ほんの少しの間をのぞいて、ずっとあたしたちについてきた浅いせせらぎの向こう側にいた。父さんが覚えていた恐ろしい羽毛の服を着てはいなかった――そんなのを着ているドリーミーはまだ見たことがなく――代わりに、母さんが仕事が終わって、夜がふけると着ていた灰色のシフトドレスのようなものを着ていた。足ははだし……ではなくて、うっすら輝く上履きのようなものを履いていて、それはほとんど髪で隠れているが喉元の奇妙な光と同じようにおのずから輝いていた。ペンダントか、襟飾りか、ネックレスか――そのときにはわからなかった。

でも、どうでもよかった。ゆるいせせらぎをぱしゃぱしゃ蹴散らしながら、あたしは駆け寄って、絶対に相手が消えないようにつかんだ。あたしが生まれる前に、そしてそのあとも見るたびに、消えてしまったのだから。しがみついて、何度も名前を呼んだ。どっちかが忘れてしまうかもしれないと思ったのだ。一瞬、姉さんは身体をつっぱらせて、身をひこうとしたが——両腕が回ってきて、あたしはこんなに強く抱きしめられたことはないほど、きつく抱きしめられた。モリー・グルーやリーア王さまだって、これほどじゃなかった。母さん、父さんも。だれも。そのあとも、今にいたるまでも。

「ジーニア！」何度も何度も、あたしは言った。「ジーニア！」

ダクハウンが、相手は自分がだれかを忘れているかもしれない、というかほんとうの名前を忘れているかもしれない、と、あたしに吹きこんでいたからだ。でも、ジーニアはただ笑って、息が詰まるほど、もっときつく抱きしめてきて、それも全然気にならなかった。あたしはささやいた。「あたし、スーズ」相手はもうその名前を知っていることがわかっていたけれど、そう言った。「見つけた……」

「そうよ。ああ、そう、そう、見つけてくれたんだ」自分で追いついてつかまえなければならないもののように、呼吸自体をおちつけようとしていた。「そうよ。かわいい妹。さあ、ここで背を向けておいていって、あたしのことは忘れて」声は低くかすれていたけれど、はっきり聞こえた――はっきりしすぎるほど。「うちの人たちには……あたしを見なかったと言って。いたるところを探したけれど、見つからなかったって」と、あたしの頭をやさしくのけぞらせ、目の中にほほえみを流しこんだ。「ああ、スーズ。おまえがうちに帰ったら、みんなどんなに喜ぶでしょう。何も尋ねたりしない。それは確かよ」

一瞬わけがわからなかった――いや、一瞬どころではない。どうしてそんなことが言えるのか、どう答えていいかわからなかった。「いやよ、いやよ、ジーニア。姉さんを探しに来たの。見つけて連れて帰るために」どうして、それがわかってもらえないの？ 星もなく、子どももいないこの国には、姉さんを見つけること以外に、なんの意味もない。それが旅の目的で、あたしが何度も覚えた口笛（ああ、モリー――!）、何もかも、すべての報いと救いが――ここにある、ここにあたしとともにあって、やっと取り戻せて、ありえない追放の生涯からうちに帰れるのに。

どうして、そうならないの？

6

「いや」あたしは相手が聞き間違えたかのように、そうくりかえした。でも姉さんは、早くもするりと身をもぎはなして、あたしの両腕から抜け出していた。その飾り気のない灰色の服をぎゅっとわしづかみにしていたのに。「行かないで。あの人たちには渡さない――絶対渡さない」空はぐるぐる回っていた。頭も耳も、自分が遠い彼方であげている悲鳴にさいなまれ、吐きそうな気がしていた。嘘つきの神々だけは、あたしがあのとき、失っていた姉さんに約束したすべてを知ることだろう。

でもドリーミーたちはすでに、あたしたちのあいだで踊りながら、くつくつ笑い、喉声でまねをしていた。「行かないで……ああ、ジーニア、二度とあたしを置いていかないで！」あたしの行く手をさえぎろうとしていて、あたしがその狂おしい光景をわきに押しのけたときには、ジーニアはとうに嘲笑の下に沈んで消えていた。あたしはその場に立ちすくんで、むなしくふるえていた。もう姉さんはあらわれないかもしれない。

肩越しに、ダクハウンが静かに言った。「スーズ。うちへ帰るときよ」

ほかの言い方だったら、違う答えができただろうか。まっすぐあたしを見据えて、肩をすくめ、「姉さんの言葉、聞いたでしょう」とだけ言ったら。または、何も言わずに、いつものように眉をあげるだけだったら。今でも、違う答えができたろうとは思わない……けれど、「そうは思わないな。あんたは自分の行くべきところへ行って。気をつけて……」くらいは言えたかもしれない。そしてダクハウンには一瞥《いちべつ》もくれずに、ジーニアのあとを追っていって、それですべてにけりがついたかもしれない。ダクハウンには二度と会えないことになるかもしれない。何度もそう思ってきた。

でも、実際にあたしはこう答えていた。「絶対にいや。何がなんでも」そしてダクハウンにはもう目を向けず、姉さんの消えたせせらぎのほうへ、にやにやするドリーミーたちをかき分けて向かっていった——人間に近いけれど、全然似ていない顔、最近まともに見られないほど美しくなってゆく（だから見なかった）身体。ただ頭を下げて、突進し続けた。

ダクハウンがまだついてきているとは思わなかったが、鋭い声がした。「あなた。止まって。お願いだから」あたしは歩き続けた。少しおちついた声がした。「あなたにはいろいろやさしくしてあげた」

たぶんその〝やさしく〟という言葉のせいだ。ダクハウンがその言葉を使ったのを聞いたのは初めてだ。あたしはその場に棒立ちになり、ふりかえった。

あたしがその青白い目の中に見たものを、他にだれか見たものがいるかどうか、わからない。たぶんいない。疲れを知らない不屈の歩行のリズムや、あたしが息をついてなんとか力を取り戻すまで待っていてくれる忍耐なら、気がつくものはいたかもしれない。毎晩、こっそりと出かけて、なんだかいつもわからないながら、食べるものを持ってきてくれるやり方も。

でもそう考えたとき、あたしに見えたのは、彼女の目の中の、消えそうなつかのまの野性で、それは他のだれにもないものだった。いつもあっというまに消えてしまう。でもごく短いあいだ、彼女はまったく見知らぬ相手になる。どれだけ穴のあくほどじっくり見つめても、まばたきして、まさか、と首を振っても。でも、その名前のない見知らぬ存在は、ダクハウンがいなくなって戻ってくるときに、いつも感じられるのだ。あたしは彼女を待った。

「ちょっと前、あなたはいっぺん……わたしに責任があるって言ったでしょう。わたしが引き返さないかぎり、自分もそうしないって。覚えてる?」あたしはうなずいた。ダクハウンはさらにゆっくり続けた。「こちらもだんだん同じような気持ちになってきたってこと、あなたは認めないかもしれないけれど、ゆっくりとそれがわかってきたの。自分がなにものかわかってから、ずっとひとりきりで旅をしてきた。お母さんやお父さん以外に、友だちはいなかったから」そこで笑おうとした。「大目に見てほしいの。わたしは友だちがどういうものなのか、何をするものなのか、よくわからないでいる。でも、あなたがそう思ってくれるなら、わたしの友だちかもしれない」一瞬、目をそらした。はにかんでいるのか、後悔したのか、あたしにはわからなかった。それから視線があたしに戻ってきた。

「あなたがそう思ってくれれば」

ダクハウンはまたここにいて、見知らぬよそよそしい感じは、夢の中で聞く古い歌のように消え去っていた。その目はすさまじいと同時に孤独で、名指すことのできない何かに飢えていた。あたしにもそれを名指してあげることはできない。あたしに見えたのは、ただ背の高い疲れた、いまだに〝死神〟を追っていて、でも今はひと息入れて仲間をほしがっている女性。あたしにもよくわからなかったが、あたしも同じだった。

ダクハウンは片手を、少しおずおずとさしのばしてきた。今まで彼女が手をさしだすときは、あたしの命を救うときか、あたしが悪夢にとりつかれてさまよい歩くときだけだった。あたしはただ、両手でその手をとり、同じようにおずおずと言うしかなかった。「そうよ。もちろん、あんたは友だちよ」

ダクハウンはにっこりした。ただそれだけのゆっくりした反応が、あまりにもめずらしかったので、きかずにはいられなかった。「そうでしょ？」そしてふたりは見つめ合って笑った。

「じゃあ、あなたの行くところへいっしょに行く。でもジーニアがとらわれているところまでついていくつもりなら、絶対に追いつけないわ」ひと息おいて、言った。「知ってのとおり」

「そうするしかないの。ジーニアぬきではうちに帰れない。ドリーミーたちもそれは知ってる」

ダクハウンはうなずいた。「わかってる。でもわたしにまかせてくれたら、違うやり方もある」あたしが目をみはると、聞き間違いをされたかのように、ダクハウンはくりかえした。「わたしにまかせてくれたら」

「ああ」あたしは愚かしくまばたきをした。「違うやり方ね。そうね。思ってもみなかった。どうするの？」

正直、ほっとした。ジーニアを見つけるには小川に沿ってゆくしかないと思っていた。ジーニアはほんとうにそっちへ行ったらしいからだ。それ以外、今までのやり方でないとすれば、どっちへ行って探せばいいのか、まるでわからなかった。「ありがとう。友だちっていいものね」

　驚いたことにダクハウンは短く手招きをして、さっさと、もと来た道のほうへ戻りはじめた。あたしにはわけがわからなかった。道は見えないほうへ、つまり、ざぶざぶ渡ってやっと姉さんに出会えた小川から離れる方向へ向かっている。あたしは文句を言った。でもふりかえらずに、ダクハウンは指を唇にあて、首をふった。あたしたちを嘲りながら追いかけてくるさまざまなドリーミーたちには目もくれなかった。道がさらに曲がりくねって、けっきょく小川に沿いながら進んでいることには、だいぶたってから気づいた。水がいつも視界に入っていたわけではなかったけれど。でもじっと立っていると、小川がいかにも水らしいやり方で、自分自身に話しかけているのがわかった。「ああ、そうか」

「あなたの姉さんに会えるかどうかは、まるでわからない。いつ会えるかもね。でも、どこへ向かっているかは——少なくともそれには——自信があるの」ふっと息を吐いて、旅の荷物袋の重みに負けまいと胸を張った。「そうよ。じゃ、行く？」これまでには出たことのない問いかけだった。

　そこであたしたちは変わることのない、いや、無意味に変わってゆく土地を旅していった。あたしは——ダクハウンが旅の一日目にわかっていたことを——じわじわと理解しはじめた。ドリーミーとはそこに住む生き物——会う前からあたしがジーニアと呼んでいた姉さんを盗んだものたち――をさすだけではない。ドリーミーとはこの場所をさす言葉だ。子どもが、これはいや、あれはいや、と思うだけで、自在に変わってゆく場所なのだ。規則のようなものはない。子どもは規則を好きではない――ただしばし、新しいゲームが必要なときだけは別だ。それはわかる。あたしだってそう――というかマルカのこと以外ではわかる。マルカの規則は、いつもあたしの規則だった。

ある意味、ドリーミーの世界というものはない。ただ〝今〟があるだけ。終わりのない〝今〟が。

石の友だちとあたしは進んでいった。ときどき、足が重くなり、止まってしまうこともあった。というのも前に見たことのないドリーミーふたりがいたからだ。半分だけの熊が二頭、下生えの中で追いかけっこをしていた。身体の残り半分がどんな形なのか、今でもわからない。ときに気づくと、じゃまな子どものようなものたちが、にやにやしながらとおせんぼうをし、あたしたちが近づくと、小さなアマガエルに変わって踊りながら逃げてゆく。

あたしはここがどこかわからなくなり、ぽかんと口を開け、ドリーミーたちがこのきりもないゲームをやめて話しかけてくれればいいのに、と思った。なぜなら、朝がた消えかかったたき火のそばにうずくまっていた、あのぬらぬらした魚の歯の奇妙な少年以外、ドリーミーの土地をさまよっていながら、たったひとりのドリーミーとも話をしたことがないからだ。ほんとうを言えば、ドリーミーたちへの怖れを消すことはできなかったからだ。今ではそれがわかる。その理由のひとつは、彼らはあたしの頭の中で、いつまでもあの男たちとまざりあっていたからだ。男たちはそこに住んでいて、今でも住んでいて、ダクハウンしかそのことは知らないのだった。

凍えるような朝、あたしは悪夢からではなく、ある疑問を思いついて目を覚ました。これから何夜ものあいだ、まんじりともせずに考えることになるだろう疑問を。もしもジーニアがあたしといっしょに帰りたがっても——その夢にしょっちゅう浸りながら眠りに落ちたが——なんらかの理由でできなかったら？　突然あたしの頭は冴え、動きだした。もしほんとうはあたしといっしょに逃げたいと思っても、この場所から出られないとか、どんなにがんばっても戸口を抜けられないとかだったら。そうしたらどうしよう。あたしはどうする？

あの少年の警告を思い出した。〝あの子は生まれる前から、ぼくらの仲間だった……〟とはどういう意味だろう。姉さんのジーニアとあたし——何歳も離れている——が、ドリーミーの土地にほんとうに入りこんだのはいつだろう。いったいいつ、その線をまたぎ越えたのだろう。わかるだろうか。だれかあたしにほんとうのことを話してくれられるのだろうか。

　ダクハウン……ダクハウンが一度話してくれたけれど、あたしは聞いてなかった。向きを変えて、まっすぐにもと来た道を戻れば、ドリーミーにじゃまされる前にうちに帰れるだろう、と。どのくらい前のことだっけ。あの男たちに傷つけられる前、ダクハウン本人に出会う前だっけ。歩きながらそのことを尋ねてみると、ダクハウンは、かすかに肩をすくめた。「なぜわたしにきくの？　あなたは何があっても絶対にジーニアを追いかけていくんでしょ。わたしが愚かにもあなたについていくように。そう、ふたりともいったいどこへ向かっているのかわけもわからずに。いまさらそれが何だと言うの？」

「他にどうしようもないのよ――そう言ったでしょ」ダクハウンは今度は肩をすくめさえしなかった。そのあとふたりは長いこと口をきかなかった。

　その午後、二度ジーニアを見かけた。最初は輝く蛍の群れのようなものに囲まれていて、髪の中の根もとまであちこちが光っていた。でも本気でじっと見つめていると、蛍は小さな羽虫の群れにまぎれ込んでしまう。二度目、ジーニアは小川のずっと向こう側をひとりきりで歩いていた。そのときまっすぐにそこへ行けばよかった――ひとりきりで、ドリーミーがまわりに群がったり押したりひいたりしていなかったから。でもダクハウンが無言であたしの手首に触れ、見ると三、四人が少し離れたところからジーニアにせまろうとしていた。ふつうのドリーミーよりも大きく、その差はわずかだったが、父さんが説明してくれたように輝く羽毛をまとった彼らは初めて見た。ドリーミーたちのことは、なんと言ったらいいか、ほとんど美しいけれど完全にではない、という感じだ。つまり、彼らが行きつもどりつするさまなのだけれど、少し目が痛くなる。〝ここ〟と〝あそこ〟と〝ほぼ〟の間で、まさにふるえるのだ。危険なほどに愛らしいけれど、きちんと視線を定めることはできない――完全には静止しないから、そう完全には。あたしに言えるのはせいぜいそれだけで、それも正確ではないと思う。

たとえそうでも、ジーニアのもとへ駆けていきたかった。ダクハウンの表情さえ見なかったら。あたしは彼女にささやいた。「何？　何なの？」だって姉さんを抱きしめたくて、足がふるえていた。

ダクハウンはひどく低いはっきりした声で言った。「あなたがいまやりたいことをしたら、あのひとは消えてしまって、あなたは二度と会えないわ」そう言われたとき、あたしはまだ、今にも駆け出そうと身をかがめた姿勢でいたことを覚えている。ダクハウンはいつものように冷静な声で続けた。「たった今、あのひとはあなたが警告を受け入れたはずだと思ってる――あきらめてうちに帰れという警告を。あのひとも二度とあのまちがいはしたくないでしょうし、この場所では、あなたよりもよく隠れ方をわきまえている。目につかないようにして、進みましょう。そうよ、スーズ」

ダクハウンは声を高めさえしなかったが、知り合ってから、あたしが名前を呼ばれたのはこれでやっと三度目だった。あたしたちは歩き続けた。一瞬ののち、ジーニアがまた視界から消えて――道には穴があいて、舞い散る花のようなふわふわしたものが彼女をすっぽりおおい隠してしまった。その日はもうジーニアの姿を見ることはなかった。

その夜、あたしたちは小川で水を汲み、夕食のことは考えなかった。ダクハウンは礼儀正しく、狩りに行ってあげようと言ってくれたが、疲れすぎて悲しくて空腹のことさえも考えられなかった。あたしは火をおこした――ドリーミーには一度もそんな必要はないことがわかっていた――ダクハウンはあたしを見つめ、一度も目を離さず、それがいつもあたしをおちつかなくさせた。考えてみると奇妙だが、この石の友はあたしを癒し、慰め、食べさせ、あらゆる危険からあたしを守ってくれながら、いつもあたしを煙に巻き、とまどわせ、ときには怖がらせる。彼女のわきばらに、あたしがこしらえた傷は決してふさがることはなかった。

あたしは疲れた声でようやく言った。「あの……明日はどうなる？」

ダクハウンは、あたしから見ると肩をすくめる動作に見えることをした。「明日つまり次の日のことはわたしにはわからない。もっと早くか遅くか……そう、遅かれ早かれ、わたしたちは追いつくでしょう。そうしたらあなたには一回だけ——そう一回だけよ——ジーニアに、いっしょに帰ってくれと説得するチャンスがある」ダクハウンは顔をそむけ、横になった。「あなたがどうするかに、すべてはかかっている」

　あたしは黙っていた。長いことたち、そう、もう相手が眠ってしまったと思ったとき。「もうひとつ言うことがあった……」あたしは答えなかった。ダクハウンは言った。「駆け寄って飛びついたりしたらだめよ。そうしたらこんなふうに消えて——」と指をぱちんと鳴らした。「二度と会えなくなるわ。言っておく」それからまた眠ってしまったが、あたしは眠れなかった。その夜は眠れなかった。

　次の夜も——大して眠れなかった。ジーニアの姿も声もしなかったが、あたしたちは初めて、ずっと右手に見てきた小川を完全に見失った。道はいきなり曲がって、もはや流れに平行ではなく、あたかも二つ折れになるかのように、眠そうな目を思わせる、紫の葉をつけた花咲く木々のあいだに入っていった。あたしは歩くのをやめてダクハウンを見た。水の音がまったく聞こえないことに気づいたからだ。彼女は何も言わずに、歩幅さえゆるめずにふりかえった。

　あたしは「もしかして、ほかのことを考え……」と言いかけた。でも、先を続けても無意味だとわかって、口をつぐんだ。そこにはほかの道はなく、足の下のこの径だけで、それがどこかの地点で、小川とジーニアのほうへ戻ってゆくことを願うしかなかった。思い出してみると、そのときのあたしには、なんの希望も見通しもなかったと思う。あたしにあるのは、単純で行く先知らずのがむしゃらさだけだ。でも、ときにそれが役に立つ。

その日、無言で長く歩き続けたあいだ、奇妙なことに、自分が初めて、自分の母さん父さんではなく、ダクハウンの両親のことを考えているのに気づいた。あらゆる規則や伝統にも屈せずに彼女を愛し続けて、ひとり自由に行かせた両親。あたしが姉さんを探すように、ダクハウンは、あくまで〝死神〟を探し続けることが、わかっていただろうか。それは信じられない……でも、煎じ詰めれば、あることについてみんなが何を知っているのか、あたしにそもそもわかるものだろうか。あたしの好きな小さいビスケットを市場で買い続けた母さん……夜になると、あたしがうちにいるかどうか確かめずにはいられなかった父さん。父さんはあたしが、姉さんと同じように、ドリーミーたちのところへ逃げてゆくのを見たのだ。

あたしは次の夜、とうとうそれについては考えるのを打ち切ることにした。そして眠ったが、夢を見た。なるようになる。あたしは眠って、夢を見て、ダクハウンはあたしを起こさなかった。なるようになる。

7

目を覚ますと、もう薄暗くなっていたが、真っ暗ではなく、ダクハウンはどこにもいなかった。よろよろ立ち上がって、長靴はどこかと手探りしていると、影が待ち構えているのがわかった。

ふたりだ。ひとりは人型で――ドリーミーらしい。王女か何かだったのかもしれず、ローブをまとい、宝冠をつけて、冷たく優美な顔をしていたけれど、鉤爪のように曲げた手には余分な指があった。非の打ち所なく美しかった――見たことがないほど美しい。でも、あたしは怖かった。

もうひとり……その男は、目を閉じて姿形を思い浮かべようとしても、今でさえよく思い出せない。あの四人の男の見え方とは違う――彼らの姿はいつでも目先にちらつき、それはずっと変わらないだろう。そこが違いだ。

その男は大きかった。ほんとうに大柄で、それ自体、変わったことだった。ドリーミーはふつう大きくならない――いや望めば大きくなれるが、あたしたちのように、今の姿形に固定されているわけではないのだ。あたしは、体格のいい人間よりも大きいドリーミーはほぼ見たことがなかった――この男くらいだ。男は母さんの古いチェストくらい、つまりアンブローズおじさんでさえ、てっぺんの引き出しに手が届かない大きさだった。象は見たことがないけれど、象くらいだ。象がすごく大きいことは知っている。

もうひとりの女と同様、男もはっとするほど整った顔をしていた。もっとくつろいだ顔だったら、邪悪というよりも気さくで感じのいい男に見えたと思うけれど、彼はずっと固い顔を崩さなかった。たまにその表情が剝がれおちて、目がそこから光を放つ。でもそれはよく見ていないと、わからない。

「あたしは姉さんを探しているの。ここから帰らない」二度言わなければならなかった。一度目は言葉がはっきり出てこなかったから。

女――か何か――はにっこりした。それは感じのいいほほえみと言えた。「だめですよ。絶対に」

絶対にジーニアが見つからないってこと？　ここから出られない――ここ、王さまがいないはてしない王国――から出て、両親や山羊や馬鹿な羊のところへ帰ることはできない？　それともこの女が言ったのは、もっと悪いこと？　思いつきもしなかったほどのこと？

「ジーニアを見つけるまでは帰らない」あたしは大声で言った。そのときは、何がなんでもむてっぽうになる必要があったからだ。「見つけたら、いっしょに帰るから、だれもあたしたちを止められないわ。いっしょに故郷へ帰るんだから」

女は笑みを絶やさなかったが、大柄な男のほうは顔色を変えた。魚の歯の少年が言ったのと同じことをささやいた。「あの子は生まれる前から、ぼくらの仲間だった……」でも、男はそれに続けて――大声ではなく、怖ろしいほどくっきりした声音でつけ加えた。「おまえもそうだ。おまえもだよ」

女は、それを言ってはだめ、というように鋭くすばやい視線を、男に投げた。それからふたりは消えてしまい、そこであたしの足はもうもちこたえられず、座りこむしかなかった。足はいつもあたしの望んだとおりにしてくれるが、むてっぽうさの代償は大きい。

ダクハウンが戻ってきたときには、あたしは立ち上がっていたと思う。彼女は、あたしが名前を覚えていない、何かのあざやかな真っ赤な果物を腕いっぱいに抱え、朝まだきの空気の中へふわりとあらわれた。あたしたちの住んでいるところには生えない植物で、はっきり言って、あまり好きではなかったけれど、いわば少しはくせになる味で、ダクハウンはいつもそれを摘んでくるのだ。あたしは愚かしく言った。「どこに行ってたの？　あいつら、いまここに来てたのよ」

「わかってる」ダクハウンは、いつものようにおちついて無表情だった。「見たもの」

　あたしは言いかけた。「あいつがなんて言ったか聞いた？　あたしになんて言ったか」そこで言いやめた。なぜ、次の言葉を呑み込んだのかはわからない。ただ、ずっといっしょに旅をしてきたのに、この石の女の頭の中で何が起きているのか、いまだに見当がつかないから、先を言えば、もっと悪いことになるような気がした。出会った恐ろしいあの夜以来、ダクハウンは文句も言わず、このはてしなくあいまいな土地を、姉さんのジーニアを探してさまよい続けるあたしに、ついてきてくれた。彼女が求めない見返り以上のものを、あたしは彼女に負っている。でもそれでも、たとえそうでも……どこかであたしは、ダクハウンの正体を知るのをあきらめていた。永遠についてきてくれるか、その場でいきなりきびすを返して、歩み去り、ふりかえりもせずいなくなるか、わからない。いまになっても、それがなぜなのか、まだわかっていない。

　それで、ただこう言った。「ああ。そうね。あたしたちも行きましょう。果物、ありがとう――歩きながら食べる」

　ほんとうに、そうしながらぜんぶ食べた。言ったように、ある意味、なじんでしまったからだ。

ドリーミーの国そのものに少し似ているかもしれない。いや、違う――この不気味な土地では一瞬も気が休まったり安心したりしたことはない。でも、あそこに戻ることがなくても――そう、金輪際戻りたくはないけれど――それでもあの場所はあたしをどこかでつなぎとめていて、それが自分でもわかるので、そのことが、今日まで、あの真夜中の感覚でもってあたしをおびやかしている。でも、父さんは実際にドリーミーの国を見ていないにせよ、何を感じとったのかは、わかる。ジーニアがなぜ、自分はそこに属していると考えて、いっしょに帰りたくないと言ったのかも、わかる気がする。それに関しては、けっきょくあたしがまちがっていたのだが、そういうものなのだ。

　その日も、次の日もジーニアだけでなく、ドリーミーたちさえあまり目に入らなかった。通りぬけているのは低地だから、木の数は多くなく――言ったと思うけれどドリーミーはほんとうに木が好きなのだ――土壌は彼らには水分が多すぎるように思う。あたしは水気の多い土地が好きで、ここには紫や黄色が目に痛いほどあざやかな花々が多く、まるで、あたしたちがここに来る前、今朝方ペンキを撒《ま》かれたばかりのような色とりどりの茂みがあった。そのいくつかは、もしかしたら若鳥や大きな蝶々かもしれず、ちょっと待ったら宙に舞い上がりそうに思えた。あたしたちが探しているものとはまるで関係がないけれど、でもきれいだった。それは言っておきたい。

毛布を敷けるほど乾いた場所がいつでも見つかり、さほど議論することもなく、そこにおちつくことができた。あたしは一度、唐突にこう言った覚えがある。「あたしはあきらめない。わかってるよね」

ダクハウンは首をめぐらしさえせずにうなずいて、答えた。「あなたがあきらめるなんて、夢にも思ったことはないわ」

そこであたしは語気を強めた。「そう、どれだけたっても、絶対にあきらめないから」

ダクハウンはまたうなずき、その晩は、ほかに会話はなかった。

それから、えんえんと続く道がいきなり落ちこんだと思うと、また徐々に右手に向かって高まっていった——柳みたいな林があったと思うけれど、少し違って——やがて道はすうっと上り坂になってゆき、まるであたしたちを背中から振り落とそうとする馬のように身震いし、また平らになっていった……そして、そこにジーニアがいた。ああ、いたのだ。

ドリーミーの小集団——数はそんなに多くはないけれど、彼女を取り囲んでいるので、もっと多いように見えた——がいっしょだった。でも、あたしはこの距離からでもすぐに彼女を見分けられる。何というのか、ジーニアは囲まれていても、特別なのだ。ひとりで歩いていて、ときおり左右に顔を向けるのに、だれともしゃべらない。あたしは足を速めた。

肩のそばで、ダクハウンがひとこと「忘れないで」と言った。

あたしはその場で立ち止まった。石の女はそれ以上何も言わなかった。ただ色の薄い、あいかわらず読み取りがたい目であたしの目をしっかりとらえ、答えを待っていた。あたしは言った。「わかってる。忘れない。でも、やってみないと」

最後の言葉は口の中でもやもやと消えたので、ダクハウンに聞こえたかどうかはわからない。あたしはふりかえらず、できるだけジーニアと同じのろいテンポで動いた。ジーニアはあたしが近づくのを見つけ、この距離からでも、彼女の身体が駆け出そうと身構えているのがわかった。もし、そうなったら自分がどうするかわからなかった。ダクハウンがなんと言おうと。でも、ジーニアはこっちをふりかえり、ただあたしが追いつくのを待っていた。

今度はあたしを抱きしめたりしなかったけれど、注意深く、警戒するようにほほえんだ。あたしはと言えば、ジーニアに抱きついたりしなかった。そうしたかったことは、どんな神々にもわかっていたはずだ。あたしは相手にほほえみかけたことも覚えていない。ジーニアはやっとあたしの名前を呼んで、それ以上何も言わなかった。「スーズ……」

「お母さんが待ってるよ」とあたしは言った。

何かに耐えるように、それでもほほえみながら、ジーニアはかぶりを振った。「あの人はあんたのお母さん。あたしのじゃない」

「それは逆よ」あたしは声を落としたけれど、ドリーミーたちは前と同じように、漂うようにじわじわと近づいてきた。「姉さんはあの人から生まれた。あの人のお腹から。あたしは、戸口の籠の中に入っていたの。あたしとマルカは。それは知らなかったの？」

なんて馬鹿な、馬鹿な問いだったのだろう。決してふりかえらなかった彼女にどうしてわかるはずがあろう。でも、それは彼女の心に刺さった——その目を見て、また息遣いを聞けばわかった。ジーニアは答えようとしたけれど、声が低すぎて言葉が聞き取れなかった。あたしは近寄った。すぐ後ろにせまっていたダクハウンには目もくれず。

「父さんは姉さんが四つのとき、ドリーミーといっしょに逃げていったのを見た。ドリーミーというのは、あんたがいつもそう呼ぶから。覚えてる？」ジーニアが何も言わないので、あたしはもう一度きいた。「その日のこと覚えてる？　父さんは死ぬまでその日のことを忘れないよ。父さんは眠れないとき、うちの中を歩き回って、あたしが部屋にいるかどうか確かめるの。いつもその音が聞こえた」

「スーズ」ジーニアの声は初めて、別人のように、というか外国語を話そうとしている人のように響いた。「スーズ、言わないで」

でも、あたしはしゃべり続けた。そうしなくてはならないから。なめらかにしゃべろうとしたが、あちこちでひっかかってとぎれた。「覚えてるのはわかってる。あたしに話してよ」彼女は顔をそむけた。あたしはまだ姉さんをつかもうとはしなかったが、その体臭や息の匂いがわかるほど近づいた。それは冬の冷気のようにあたしを刺しつらぬいた。

「姉さんについては全然聞いたことがなかった。だって、親はとても口に出せなかったから。父さんは姉さんの誕生日パーティのことだけは、はっきり覚えていて、姉さんが幸せそうにしていたところに、ドリーミーが、いつものやり口で姉さんの腕をつかんで連れていったって。覚えてる？」そう、あたしはもう相手に向かってわめいていた。それは否定しない。ダクハウンでさえこっちを見た。「覚えてる？」

　ドリーミーたちがあいだに割り込んできて、あたしをジーニアから引き離した。気にせずに、あたしは叫び続けた。「自分が何なのか覚えてる？」でも、姉さんはあたしのほうをふりむきもしなかった。

　ごく小さな男のドリーミー――少しばかり不機嫌そうな老けた赤ん坊に似ていた――が、予告なしにあたしの足を蹴ったので、あたしは膝をついた。ダクハウンが動くところは見えなかったが、そいつは空中をすっとんでいって、彼女がすばやくあたしを立ち上がらせてくれた。音はたてなかったが、歯をむいていた。

　あたしはダクハウンの手から身をもぎ離し、あえぎながらも、呼吸をおちつけようとしていた。ひしめき寄せるドリーミーたちの頭ごしに、できるかぎりの大声で、あたしは叫んだ。「ここは姉さんのうちじゃない！　ここは姉さんの住むところじゃない！」

　突然、姉さんは、人間もどきたちのゆるい塊をかき分けるようにして、こっちを向いた。彼らはそれをじゃまするわけではなかったけれど、火のような音、パチパチという音をひとりごとのように唱えた。姉さんは気にもとめなかった。そこにだれもいないかのようだった。「スーズ、うちには帰れない。帰るのは無理」

「帰る勇気がない」とは言わなかった。そのことにあたしは気がついた。「帰るのは無理」は違う。そのときは違いにはっきりとは気づかなかったけれど、何かが違う、とは感じた。

「なんの話をしているの？」あたしはつっこんだ。「うちに帰れるのよ！　みんな待ってる——ずっと待ってたんだから！　そのことはずっと知ってたでしょ」あたしが怒っていたのはそのことで、その言葉を投げつけたときに、それに気づいた。どれだけ長く留守にしていたか、どれだけ長い旅をしてあたしが追ってきたか——そんなことはどうでもいい、今は。姉さんが、知ってた、ってことが問題なのだ。

「スーズ」声は細くてひび割れていたけれど、はっきり響き、まわりでぺちゃくちゃしゃべっているものたちがいる中で、世界で唯一の声だった。「スーズ、あたしは四歳だったのよ」

あたしにはわからなかった。「それは知ってる。母さんが誕生日パーティのことを話してくれたから。親戚たちが来たって」

姉さんは泣かなかった――ドリーミーたちは一度も泣かなかった――けれど、目がうるんでいた。「今、二十一歳よ」

「あたしは十七よ」

ドリーミーが何人か――二、三人は少し身体が大きめで、威圧するようだったが、ほかは年老いていて、青白く、形もぼやけていたので、男か女かわからない――が、あたしを押しのけて、ジーニアから離そうとしてきた。でもあたしは動かず、ダクハウンが発した声で、相手は何かひるんだようだった。あたしの注意は、その瞬間、ジーニアにだけ向けられた。

「みんなあたしの誕生日を、あたしが忘れたときでさえ覚えていた。あたしが二十一歳になったとき、言われた……」そこで初めて、口ごもった。「スーズ、あたしが選べるって言われた」

「何を？　それにみんなってだれ？」

どちらの答えも聞きたくなくて、でも、答えはわかっていた。まさに、そのときは気にもかけなかった。そうなのだ。あたしはへとへとで、もう何もかもどうでもよくなっていた。

　ジーニアは深く息を吸ってから、もう一度口を開いたが、できるだけ声を平静に保とうとしているのが、あたしにはわかった。「今より大きくならなくてもいいって。望むなら、永遠に生きられるって」

　意味がわからなかった。あたしは、まじまじと相手を見た。

　姉さんは言った。「ここにいるみんな、目に見えているみんなは、今の姿でいること、今の自分のままでいること、どんなふうに人から見られたいかを、選んだの。いくつでも好きな年に、どちらの性にでも、どんな種の生き物にもなれる。スーズ、知ってるでしょ。あんたはみんなを見たんだから」

　あたしは少し後ろで何も言わずに、なんの気配も感じさせずに立っていたダクハウンに、ちらと目をやった。何か口をはさんでほしかった。激しく首をふって、そもそも、聞こえないはずのことなんか聞かなかったのだ、とあたしに確信させてほしかった。でもだめだ。ダクハウンはドリーミーたちを、ジーニアとあたしから遠ざけることに集中していて、恐ろしいような感じだった。あたしはなんとか弱々しく言った。「意味がわからない」

　ジーニアが初めて、とまどったようすを見せた。「スーズ、聞いて。あたしは不老不死になるかどうかを決めなければいけないの」挑むようにあたしを見据えた。あたしが小さいとき腹をたててやったように、足を踏みならしさえした。姉さんのほうがうまい、とあたしは言わざるをえなかった——あたしはいつも真っ赤になって、めちゃくちゃにしゃべるだけだった。今の姉さんはただ、ずっと美しく見えた。

でも視線が交わったとき、そこには喜びも勝利感もなかった。姉さんのほかの部分——ふわふわの乱れ髪、光り輝く薄い褐色の肌、まるで醜さとか孤独とか心配とかを考えたことのないような身のこなし——は、あたしの両親にぴったり合うように作られた感じだった。両親や親戚や、まぬけなアンブローズおじさんにも。自分がマルカの墓の上で、初めてこう考えたことを覚えている。姉さんは、あたし以上に家族にしっくり似合っている……

目だけは違う。灰色の目は知らない相手の目になっていて、ひどく怯えていたので、その視線をとらえるのにしばらくかかった。ジーニアはつぶやき、つぶやき続けた。「わからない……わからないわ……」

「何が？　姉さんは自分で逃げ出してここにやってきた、この場所に残りたいかどうかわからないの？　それとも本来いるべきうちに帰りたいの？　どっちか決めて。けりをつけて！」

姉さんがどう答えるか、わからなかった。わかっているのは、あたしがものすごくそれを恐れていたから、平気なような声を出すしかなかったということだ。いつでも、それが一番難しい。これまでも、ちゃんとそういう声を出せたかどうか、わからない。

ジーニアの声は、ややはっきりしたが、まだふるえていた。「スーズ、スーズ。死にたくないわ。永遠に生きられるって言われた……あたしは昔からみんなの女王になるはずだったって」

それから起こったことを、あたしは誇らしく思っていない。やったことに、たったひとつの言い訳もできない。あらんかぎりの声で、あたしはわめいた。「それを約束してもらったの？　生まれながらにしてこの土地――ドリーミーランドだか、妖精郷だか、何だか知らないけど、そこ――の女王になって永遠にここを治めるって？　なるほど、それが望みなのね。そうか、もしほんとうにそれが望みなら、じゃあ、お別れね。あたしはうちに帰る。姉さんはもうあたしたちの仲間じゃない。今までだって、そうじゃなかったんだ！」

くるりと背を向けて、姉さん――存在しているとさえ知らなかった姉さん、たいへんな苦労をしてここまで探しにきた姉さん――をおいて歩み去った。名前を呼ばれたけれど、あたしは一度もふりむかなかった。どっちにしても、これまでのようにあの世界が見えない状態に戻って、姉さんのことが見えなくなったわけじゃない。ダクハウンが腕をつかんで、あたしを連れていってくれたのだ。

ダクハウンが一度ふりかえった——のが感じられた——と思うけれど、確かではない。

8

その日の続きについてはあまり話すことがない。ときどきはひとりで歩き、ときどきぺたんと座りこむと、ダクハウンが来てくれた。二度ほどそんなことがあったけれど、ダクハウンは沈黙を破らなかった——ただ、物陰の安全な場所を見つくろってくれて、あたしがまた歩き出せるようになるまで待っていてくれた。三度だ、二度じゃない。それは、しっかり覚えている。

その夜、どこに泊まったかも、はっきりとは話せない。暖かさ、同じような沈黙。あたしはただ仰向けになって、からっぽの天空を見上げ、朝を待っていた。姉さんのことは少し考えたけれど、ほとんどは、生まれたばかりの山羊の赤ちゃんたちが、今ごろどれほど大きくなっているか、だけを考えていた。あたしは、どのくらいうちをあけていたんだろう。一分かもしれないし、百年かもしれないし、またはまったく離れていなかったのかも。あたしはもう大きくなった子山羊たちが、岩の後ろに自分の子どもを産み落とし、山羊らしく飛んだり跳ねたりしているのを、ずっと心の目で見ていた。その夜は、何よりも山羊たちのことが恋しかった。ダクハウンは二度狩りに出ていったようだが、から手で帰ってきた。

彼女があたしよりよく寝たとは思えない。夜の大半は、目をつむっていたが、それはなんの証拠にもならない。おちつかなく寝返りを打っている音で、ぱちんと目を開けると、ダクハウンが立ち上がって、もと来た方角をふりかえって見ていた。たいそう低い声で言った。「戻らないと」

あたしに聞かせるつもりだったかどうかわからないが、あたしは聞いていた。「戻るって？」

いつのまにか、あたしはしゃんと立ち上がっていて、ダクハウンがこっちをふりむき、びっくりした顔をした。「絶対だめ。何があろうとも」あたしは言った。

ダクハウンは決して声を強めたりしなかった。いつも平静で、それがいつもあたしをとまどわせた。でも注意深く見れば、その色の淡い不思議な目の意図を読み取ることができるようになった。「スーズ。聞いて。もう一度うちを見たければ、道をたどり直して、最初からやり直すの。他にやり方はないわ」あたしは口を開きかけたが、何か言う前にさえぎられた。「そう、わたしの言葉をそのまま信じてほしいの。わたしは自信がある。わかっているのよ、スーズ」

言うとおりだとわかったが、でも、それを受け入れる気持ちは、万にひとつもなかった。わかっているということと、自分の行動は別物――少なくとも、あたしに関するかぎりは別物だ。あたしにおわびは言えない。もう、おわびを言うのに飽きてしまった。

「いや。絶対いや。あんたは戻って、どこへなりと行けばいい。あたしだって少しはわかってる」あたしの声は、自分でも聞いたことがないような響きを持っていた。「うちへ帰るってどういうことかわかってるの？　うちがなんだか、わからないくせに！　あんたはうちを持ったことはないし、故郷へ行ったって、そこが〝うち〟だってわからない。あんたはただ足をひきずって、いつまでも〝死神〟を探して歩いて、でも相手はあんたのことなんか気にかけていないんだ！」言葉が止まらなかった。ほんとうに止まらなかったのだ。「あんたはどこにも属していない！　お気の毒ね。ほんとにご愁傷様」

ダクハウンはまばたきひとつしなかった。ただそこに立って、あたしを見ていた。あたしを見ていて、あたしはまだもぐもぐ言っていて、そのときふと怖ろしいことがわかった。

この世で最悪のことは、持っているものをすべて失うことではない。最悪のこととは、心が砕けないことだ。喪失も過ぎ去り、痛みも過ぎ去り――絶望でさえ過ぎ去る。この世で最悪のことは、自分を気遣ってくれる心を傷つけることだ。それが今わかった。

最悪なのは、それをたったいま知ったということだ。言うべき言葉もなかった。でも心の真の底でそのことがわかった。

ダクハウンは背を向けて、もと来た道へと歩み去った。ひとことも言わず、ふりかえりもしなかった。背筋はいつものようにまっすぐだった。道へ出るまで見送り、それから追いかけた。あたしは馬鹿だけれど、それは頭が足りないという意味ではない。それは別物だ。

もっと早く追いつけたのに、時間がかかった。やっと追いついたとき、彼女がいつもいっしょに歩くときそうするように、あたしは何歩か下がったところで足を止め、ちょっとわきへ寄った。ダクハウンは一度もこっちを見なかった。そのあいだじゅう、あたしもひとことも言わなかった。

ダクハウンはどこで自分たちが道を外れたか、正確に知っていた。ドリーミーの姿がなければ、あたしにはわからなかっただろう。昨夜はひとりふたりしか見かけなかったけれど、いまは歩き続けるうちに、どんどん増えてゆき、あとをついてきて、やじったり、どこまでもついていくと言ったりした。ときどき前にも見かけた相手が何人かいるような気がした——魚の歯の少年はいつもいて、そんな笑顔を見せないでほしいと思うようなあの美しい女の人もいて——ただ、ほとんどは完全にふつうの人間のようで、ただドリーミーだから、どこかが少し奇妙なのだ。でも、もう慣れてしまったので、以前のようにおちつかなくなることはなかった。たいていは、だ。

　ダクハウンがいきなり足を止め、ためらってから、注意深くわき道へ折れると、何十人か、いやそれ以上のドリーミーが、行く先からわらわらと湧いて出た。あたしは、ダクハウンに身を寄せざるを得なかった。彼女は「こっちがわたしたちの道よ」とささやいた。

　ドリーミーたちは、みなわめいていた。「道はない！　通行禁止だ！　道はない！　行けないぞ」この土地に来てからというもの、彼らがかん高く、威嚇するように、いや動転したようにわめくのを聞いたのは初めてだ。実際道がないからだろう、とあたしは思った。このまま進み続けようと思ったら、崖のようなところを這い上がらねばならない。一、二度、ダクハウンがよろめき、あたしはその手をつかもうとした。彼女も疲れていたが、でもあたしがしっかり足を踏みしめられるように支えてくれることのほうが多く、おかげで息を整え、進み続けることができた。いずれにせよ、ふたりとも崖のてっぺんについたころには疲労困憊だった。

　ドリーミーたちはそこまでは追ってこなかった。ふたりだけ押し合ったりぺちゃくちゃしゃべったりしながら、てっぺんまでのぼってきたが、たちまち転がり落ちて、リスのように茂みの中を走って逃げた。ダクハウンとあたしはふらふら歩き続け、あたしは用心して後ろをついてゆきながら、彼女が何か言ってくれないかと思い、また言ってくれるのを恐れてもいた。いっしょにいる相手に対してそんなふうに感じるのはただ怖い。あたしは、またドリーミーたちにつきまとわれているほうがましのような気さえした。

　あたしたちが通ってゆく土地は、見たこともないような国だ。一面真っ暗で、水平線までほとんどよどんだ水のようで、切り株のような根が、奇怪なやわらかな樹皮に包まれ、巨大な膝を思わせながら、あちこちに盛り上がっていた。あたしは通りすがりに手をのばし、ひとつふたつに触れてみて、あわてて手を引っ込めた。それはなんであれ、樹皮の手触りではなかった。まるで、あたしの手をほしがっているようだった。

　ほとんど足を止めて休むこともしなかった。休んでもしかたがなく、座りたいような場所もはっきり言って、なかった。横長の広い水の向こうがわは実際は湿地ではなく、〝乾いた〟という言葉が使えればだが、乾いた場所でもなかった。

　あたしたちはやっと、葉のない灰色の木の下におちついて、しめったマントでできるかぎりのことをした。もちろんダクハウンに場所を譲ってやろうとしたが、もちろん彼女はあたしとマントを分け合おうとしなかった。言ったのは、必要ないから、ということで、それで終わりだった。

　そのとおりだった。夜明け近く……夜明けとおぼしき時間近く、彼女はようやく眠りに落ちた。あたしのほうが遅くまで眠れずにいたが、気がつくと彼女はいつものようにかすかな笛めいた呼吸音をたてていた。それからあたしはマントを身体の上にかけてやり、夜のあいだの自分のぬくもりがそこにいくらか残っていればと思った。そのとき……そのときあたしはひと呼吸して、右腕を軽く彼女の身体にのせ、寝ているあいだにたまたまそういう態勢になったふりをし、いざとなればさっと引っ込められるようにした。そして、ささやいた。「お願い。許して」

ダクハウンは身じろぎもしなかったが、身体を遠ざけもしなかった。それであたしたちはしめった闇の中にただ横になり、最後にあたし自身も眠りに落ちた。

長いこと寝ていたに違いない。眠りに落ちたときとほぼ同じ姿勢で目を覚ましたからだ。身体を起こして座り、お互いを見つめた。世界の全歴史の中で、ふたりの人間がこれほど長くお互いを見つめ合ったことはなかったに違いない。あたしにわかるのは、うたたねをしているとき以外、あたしたちはずっとそうしていて、そうするとふるえが始まった。名前もつけられず抑えることもできない無言のふるえが、あたしを襲った。ダクハウンが両腕を回してきてくれなければ今でもそれは続いていただろう。

ダクハウンが何を言ったか、あたしが何を言ったか、どのくらい長くいっしょに座って、ただあたりを眺めていたかは、大した問題ではない。ふるえずにすむようなただひとつの状態になってきて――つまりもう痛まない骨がどこにもなく、痙攣が窒息に近くなり、やがてぜいぜいになり、はあはあになっていった。いまになって思うと吐かなくてよかったけれど、もうその一歩手前まで来ていて、その時点で、あたしはダクハウンの膝に頭をのせて横になっていた。だから、最悪はまぬがれた、といったところだ。

　ダクハウンが「お腹空いたでしょう」と言い、あたしは首を振った。でもお腹は空いていて、彼女はそれを知っていたのだ。だから、彼女がひとりで出ていって、何か食べ物を取ってきてくれるしかなかった。それが何かはわからなかったけれど、彼女に見つめられながら、呑み下していた。それからまた歩き出し、やっぱり無言だったが、今度は並んで歩いた。

　沼地だかなんだかわからないが、それはきりもなく、というか、その日一日中続いた。日の入りが近づくと、地面は足の下で上りになり――劇的な急降下や下りはなく、ただゆっくりとした疲れる上り道だった。ダクハウンはたいして何も言わず――言葉はまったく必要ではなくて、それに彼女は呼吸をおちつかせるのに明らかに四苦八苦していた。進むにつれて、それもあたしのもうひとつの心配事になっていた。

　ダクハウンは依然として、あたしとはかけはなれて強く頑丈だった。それは石でできているからかもしれない。あるいはそれはなぜか――人かものかはわからないが、彼女らしさの内側から来ているもので、静かなのに激しい力でもって、あたしが転んだときにはいつもつかまえてくれた。でもそれにもかかわらず、彼女には、もう、尽きることのない疲れを知らない勢いと余力の蓄えがなくなっていた。あたしは知らず知らずのうちにそれに頼るようになっていたのに。

　さて、あたしは彼女を見守っていた――どのくらいの時間だろう――あたしを見つけてからずっと見守ってくれていたあのやり方、あたしが怖れと怒りと痛みで半分おかしくなって月の下にひとりきりでいたのを見つけてからの彼女なりのやり方でもって。あたしは息を切らしてのぼったりくだったりしながら、言いたかった。「だいじょうぶ。あたしはここ。あんたの面倒を見るから。きっと」でも、それをダクハウンに言うことはなかった。少なくともそのことだけはわかっていた。

　同じように、彼女もあたしの手をつかんで、足がしっかりと踏ん張れない、石のすべりやすい坂道を引っ張りあげてくれていた。または考えるだけで胃袋がひっくり返りそうな広い峡谷をうまく渡してくれたりした。あたしは、自分が疲れたと言うことで、彼女が少し休めるように心がけていた。自力で狩りはできなかったが、日に焼けた草や葉があって、あまり気にしなければ、それを食べればよかった。それにあたしは道すがらの小さなせせらぎの音を聞きつけるのは得意だった。暗くなって、小川そのものが見えなくなったときには、水を水筒に汲み、または何度か掌ですくって持ち運んだ。

　ここでは眠るための乾いた場所を見つけるのが、ずっとやさしかったので、そうした。浅い洞窟もあり、いくつかの大石が寄せ集まって半ば屋根や壁をなしていた。暖を取るために、できるだけ身を寄せ合って眠った。たまにふるえながら目を覚ますと、ダクハウンが寝返りを打ってふるえが止まるまであたしを抱きしめてくれた。あたしの知るかぎり、彼女自身は寒さを決して感じず、また恐れることもなかった。

　でもさびしかったろう……自分の種族でただひとりの生き残り、ほかはみんな生まれたときに命を消されてしまうのに、さびしくないわけがあるだろうか。あたしが知っているかぎり、ダクハウンが知っている愛は自分の両親、大事にして守ってくれたふたりのものだけなのに、彼女は両親を守るために出奔したのだ。ほかには……そう、ほかにはあたししかいないし、あたしに頼るのはどういうことかわかってもらえただろう。ダクハウンにもたぶんわかった。

　一日二日たって、高い丘陵は徐々にゆるやかに低くなっていった。もっとも、いつまたそそりたって、上り直し、ということになるのかもしれないけれど。でも大地は明らかに平らになり、それはありがたかった。あたしの足は生まれたばかりの羊のようによろけはじめていたからだ。ダクハウンはいつもの着実な足取りで進んでいき、もう少しあたしたちに近寄らないかぎり、ダクハウンの呼吸の何かが、息のつっかえなのか、ごくわずかなもうひと息なのか……またはそうでないのかもわからない。ダクハウンはずっとなにごともけどらせないのだ。

　土地は最後に砂漠になり、徐々に、容赦なく乾燥していった。最初はあちこちに少し水分があったが、やがてまったくなくなった。初めは植物の小さな群生があちこちにあって、トカゲや蛇やネズミが走りまわったり、お互い貪《むさぼ》りあったりしていた。最後には何もいなくなり、ダクハウンとあたしはお腹がすいてきた。

　お腹がすくことについては、あたしは知っている。何度か飢饉にも遭ったし、母さんがパンの最後の塊を四人に分けたり、抜いてから時間がたちすぎてぐにゃぐにゃになったニンジンや、古いしおれた蕪の葉っぱで食事をこしらえてくれたのを覚えている。姉さんを探す旅のとちゅうでは、泣き疲れて眠る夜がいくつもあった。このからっぽの丘や霧がかった滝の中にさまよいこんで行方不明になったら、死体は家族にも見つけてもらえないかもしれない、と悲しくて泣いたのだ。でも一日か二日たつと――三日ということも一回だけあった――なぜか水場にめぐりあい、水があるところには何かしら生えていた。ダクハウンが来てあたしを見つけてくれる前はそうだったのだ。

　でも今はひもじすぎる。ひもじいなんて言葉は最悪の時期の最悪の場合にも使ったことはない——けれど、それを頭の中で今は唱えていた。ダクハウンも同じようにひもじい思いをしているのだとわかっていたからだ。彼女が食べ物飲み物がなくても——大昔「どうして、石に食べるなんて必要があるの？」と言ったからではなく——ひもじいというのは人間ならではの特性で、今は初めて彼女の怖れを感じることができた。心配しなくていいよ、と言いたかった。ずっとあんたの友だちで、大事に思ってる、と言いたかった。いや、ひとつ違う点は、あたしたちは今までのようにお互いを大事にしていこう、ということだ。それこそ今までずっとやってきたことだから。

　問題は、あたしが何ひとつうまくできないこと。ダクハウンはあたしを運んで——いくつかの場所で——くれていた。お腹が空きすぎると、頭がぼやけてくるので、今となっても、いったいいつのことだったのかわからない。覚えているのは、ダクハウンに、あちこちで下ろしてもらい、ちゃんと歩けるからと、言ったことだ。それから、彼女はまた背負ってくれて、というか、それが最初だったのだろうか。とにかくお腹が空きすぎると、頭がぼやけてしまうのだ。

　それから暗くなって……いや、別の日だ、暗くなってきて、空が、いままでにお目にかかったことがないほど美しくなった。あたしはそんなふうに仰向きに倒れているのも平気だった。ダクハウンは荒れた手であたしの顔をなでて、ささやき続け、それは泣いていたのではないと思う。だって、泣けない、と本人が言ったのを覚えていたから。それから、別の、違う声がして、それはうんと遠かったけれど、その声に聞き覚えがあって、身を起こして答えようとしたが、ひと声も出なかった。姉さんの声だったのに。

9

せせらぎの音がし、どこかで馬がいなないていて、がやがやと声がした。水があたしの唇にはねかかり続け、飲み下しにくかった。むせると、水が取り上げられ、ダクハウンの怒った声がした。いっしょに旅をしているあいだに、彼女の怒った声など聞いたことがなかった。そのときは何を言われているかわからなかったが、少しすると今度は水がやさしく口に触れてきた。ダクハウンが言っていた。「おちついて、ゆっくり、さあ、ゆっくり……」彼女の声だとわかったけれど、ふだんとは違ってふるえていた。「あわてて飲むと、ぐあいが悪くなるから。ゆっくり……」

それは難しかった。口の中がからからで、長いことそうなっていたので、水を味わうどころではなく、まるで雨が砂漠の砂に刺さってはねかえるようだった。でも、ダクハウンはとても慎重に、片手であたしの顔を支え、唇をやっとしめらせる角度、あごを伝い落ちるところまではいかない角度で、水の容器を近づけてくれた。二滴が唇にあたり、あたしは舌でなめとった。そのことだけで疲れきり、しばらくうとうとしていたかと思う。よく覚えていない。

もし寝ていたとしても目が覚めたのは、ジーニアの声が聞こえて、それがしばらくのあいだ続いていたのに気づいたからだ。だから、眠っていたのだろうと思うけれど、ジーニアが何を言っていたかはわからなかった。まったく違う言語というか、歌っていたのかもしれない。馬鹿馬鹿しい響きだったけれど、あたしはやたらとまばたいて、耳を澄ませた。そうすれば、もっとはっきり聞こえるような気がした。

ジーニアはこう言っていた。「食べるものを持ってきたわ。この子、食べられる？」それは問いかけだったけれど、厳密にはそうではなかった。年上というより、小さな子どものような言い方だった。

ダクハウンが短く「わたしにちょうだい」と言った。もう怒った声ではなかった。長く慣れ親しんでいた、無表情な声に戻ったので、あたしは何も考えたりはしなかった。とはいえ抑揚がなくて冷たい声だった。同じに聞こえるかもしれないけれど、違う。その違いをあたしは知っていた。ジーニアも知っていたと思う。

何か冷たくて甘い香りのするものが、唇をかすめてゆき、ダクハウンが耳もとに口を近づけて言った。「ゆっくり食べて……ひと口ずつ、そうそう。そうよ……」何かの果物だとわかったけれど、何だったか覚えていない。知っている果物だったとしても、その味わいも、舌触りも、すべて消えていた。ダクハウンが両肩の下から腕を回してくれていたっけ。それは覚えている。

　砂漠の国では日中どんなに暑くても、夜には冷え込む。ダクハウンは何か燃やせるものを探しにゆき、姉さんとあたしはようやくふたりきりで見つめ合った。それは思いがけない意外な体験になった。というのも、ドリーミーの世界のわけのわからない不思議の中を、姉さんを探して長いこと旅してきて、ようやく見つけて、それからまた一から探し直してみたら、あたしに向かって、いっしょに帰りたくないと、またしても言うのだ。だって、ドリーミーたちの不老不死の女王になるさだめに生まれついているからだと……そう、少なくとも何か今お互いに言うことがある。きっと。

　黄昏の光の中でジーニアを見つめている体験は、目を覚ましたらダクハウンの色の薄い目にぶつかり、ふるえる赤ん坊に戻ってしまった体験とは、まるきり別のものだった。姉さんはいまだに驚くほど愛らしく、ドリーミーが大切に育て上げた生き物に似つかわしく美しかった。あたしのほうは、もし自分が彼らに選ばれた子どもだったら、どんなふうに育ったろうと考えずにはいられなくて、それが返す返すも悔しかったけれど――なぜかそれは、意外にも全然気にならなくなっていた。今でも姉さんを愛しているし、たいへんな労力を払って探し続けたことも後悔していないけれど、姉さんの十倍も値打ちのある友だちが見つかったのだ。

ようやく、ジーニアがおずおずと、あたしにきいた。「もっと何か食べたい？　まだお腹空いているんじゃない？」

「ううん、いい。ずっと、あれこれと、つまみ続けてたから。こんなに食べ物を持ってきてくれてありがとう。重かったでしょ」

「そんなことはないわ。馬がいるって言ったでしょ」あたしは、昨晩、近くでやわらかくいないていた声を忘れていた。ドリーミーたちのあいだに馬がいるのは見たことがなかった。ジーニアが言った。「馬は王さまだけのもの。あたしが取っちゃったから、機嫌を悪くするかも」

「王さま」あたしは馬鹿みたいにくりかえした。「じゃ、ほんとにドリーミーの中には王さまもいるのね。知らなかった」

「そうでしょう。知らなかったと思うわ。王さまは森の奥深くに暮らしていて、ほとんどのものよりも年を取ってる。そう……ここへ来てから、会ったのは一度だけ」もうほとんど光が失せて、闇がこの土地にしみいるように、あたしの皮膚にもしみいるのが感じられた。毎晩、小さな弱々しいしゃっくりのような歌声が聞こえた。まさか鳥とも思えない。

なぜならこの砂漠には鳥が留まれるような枝はないから。それが何なのかはともかく、姿を見たことはない。ここにいたあいだ、毎晩その声が聞こえた。

「ジーニア、どのくらい長く自分がここにいたかわかる？　ちゃんと覚えてるものって、いったい何？」

ジーニアが答えるまでに時間がかかった。じわじわわかってきたのだが、姉さんには二つの声があって、どっちがいつ答えるのか、あたしにはわからない。ひとつは美しい知らない声で、小川をばしゃばしゃ渡ってようやくこのへんてこな世界で、姉さんのもとへたどりついたとき、初めて知った声だった。そのとき、ジーニアはあたしを抱いてほめそやし、今すぐあんたは向きを変えてうちへ帰り、両親には姉さんは見つからなかったと告げるように、と言った。

もうひとつの声……は、四歳のときにこの世界へ逃げてきた少女の声だ。今度、彼女はダクハウンやあたしといっしょに逃げることを選んだ。ここにいれば女王になり、永遠に生きられるはずなのに。その声はあたしと同じくらい怯えた声だった。あたしはその声を知っている。

「わからない。はっきりしない。ぼんやりしてる」姉さんはまっすぐにあたしを見ずに、そう、それは母さんがあたしの言うことを聞きたくないときにするような、身体をはすにした姿勢でいた。こうささやいた。「あたしは四つだった。お気に入りの緑の服を着ていた――蛙みたいな緑、といつも呼んでた。お誕生日パーティがあって、そう、それは覚えてる……」あたしの息がとまった。まさに完全に。「それがいつまでも、ずっと続いていて、何もかもが最高なのでずっと幸せで、それについて考えたことがなくて……」そこであたしをまっすぐ見たけれど、あたしの知らない目つきだった。「ふと考えたその瞬間、どこにいるか、自分はだれかわからなくなって、とても怖くて、だれにも見覚えがなくて、寒くて、何もかもが恐ろしくなって、怖くて、だれももう来なくて……」

　あたしにも何かできたかもしれなかった。手をさしのべて、頭をあたしの肩にぐっと引き寄せるか、ダクハウンが夜、目を覚ましてしまったあたしにしてくれるように、ぎゅっと抱いてあげるか。でもジーニアはずいぶん遠いところにいて、いま初めての恐れに身体をこわばらせていた。そのときには、またもうひとりの、美しいほうに戻ってしまっていて、どうすればいいのか、あたしにはわからなかった。

「スーズ」姉さんはゆっくりと言った。名前を言うのに、ものすごく時間がかかるようだ。「スーズ、いっしょにうちへは帰れないわ。そこへの道は教えてあげる。ひとりでは絶対わからない方角を教えてあげる。それはあたしにもできる――あたしは引っ返すのだと約束すれば、それはやってもいいことになってる。わかる？」

「わからない」あたしはにべもなく言った。「わからないし、わかりたくもないわ。どのくらい長く姉さんをつかまえていたにしても、姉さんはここに属してないことを自分でわかってる。何かあたしに言ってないことがあるよね！　隠してることはいったい何なの？」

　ダクハウンが戻ってくる小さな音がしたが、姉さんには聞こえなかったと思う。ダクハウンの動きに聞き耳をたてていないかぎりは。

「この国――この世界――この場所があたしのうち。あんたがどんなふうにここを見るにせよ、あたしがここにいることをあんたがどう思うにせよ、あたしが……もう少しで思い出せそうなことを、どう思うにせよ……」一瞬言葉を切ったけれど、もう一度口を開いたとき、その声はしだいに強く決然としたものになっていった。「そんなの関係ない――どれも関係ない。スーズ。あんたを愛している。会う前から愛していた。あんたがあたしを探しに来る前から――でも、あたしはここに属してる。何を選んだにせよ、ここがあたしの居場所。それが、あたしにわかってること」

　ダクハウンはひとことも言わなかった。ジーニアはあたしの両手を取り、その手は声と同じように冷たかった。「あんたを、うちに続く安全な道に連れてってあげると約束したわ。それはあたしの道じゃない――もう、あたしのほんとうのうちに続く道じゃない――

でもそこへ連れていってあげる。約束よ、小さな妹」

なぜ最後の言葉が、あたしの皮膚に痛く刺さったのか。姉さんにあたしを傷つけるつもりはなかった——それはだれよりもよくわかっている——けれど、いまでもその声は聞こえる。あたしはただ言った。「あたしの行くところに、友だちはいっしょに行くのよ」

「それがいけないと言ったことはないわ」それは完全に真実で、ジーニアはそう言ったことはなかったけれど、でも一度もダクハウンにまともに目を向けようとしなかった。「もし、今夜出発するのでもよければ……」

ダクハウンがそのとき、同じように淡々と言った。「この人はぐあいが悪いから。明日よりあとでなければ」

あたしは反論しようとした。「今すぐでもだいじょうぶ」でも自分でさえ、そうでないことはわかっていた。ジーニアの馬が連れていってくれるほど遠くまで歩こうとしたら、半分の地点で倒れてしまう。あたしにも何かがわかるときは、まちがいなくわかるのだ。

ダクハウンは、何もない砂漠に生えているものを見つけてきてくれたのだ。緑色ではなく、焼けてもろくなった地面から突然出てきたように見えた。でも実際、食べられるし、ダクハウンは遠くまで行って取ってきてくれたのだし、ぜんぶを呑み込んでお礼を言い、眠りについた。

翌日もほとんど眠っていた。ジーニアが一度あたしを起こして、持ってきてくれた食べ物を食べるよう勧めてくれたが、食べさせてもらっているあいだ、ほとんどあたしは寝ていた。あたしが眠ってからも長いこと見守ってくれていたと思う。ときにそれが感じられる。なぜかはわからないけれど。

その夜、目を覚ますと、だいぶ気分がよくなっていて、さすがに猛烈にお腹が空いた。今でもときにその夢を見るけど、あたしにこの世界への道を教えてくれた四人の男、いつでも夜な夜なうなされる四人の男の夢を見た。今では彼らの名前がわかっているも同然だ――そして、あの悲しげな小さな歌は最後まで忘れられないものになるだろうが――彼らは友だちとは言えないまでも、ただ古いなじみになった。いろいろな姿形でやってくるけれど、いつでもわかるから、対処できる。とうとう、最後に彼らは、あたしがダクハウンと出会った夜の単なる一部になった。

日中、長く寝過ぎたので、もちろん夜は眠れなかった。ジーニアは、これからの長い道のりのために体力を残しておこうと、早々と寝にいった。ジーニアはいつも、あたしたちに喜ばしい眠りと気持ちよい目覚めをもたらそうと考えていた。だからあたしは寝返りを打ち、一度ならず、両腕で膝を抱えて身を起こしていた。ダクハウンの目は閉じていたけれど、眠っていないのはわかっていた。

「地平線はいつも変わっていってる。つまり昼も夜も、地平線は手に入らないってわけ。どこそこに何がある、と思っても、すぐそれは別の場所に動いていってる」あたしは首をかしげ、まわりをもっと見渡そうとした。「何があるのかわからないけれど、確かに何かがある」

「この人がやってるのよ」ダクハウンは目を開けずに言った。「言ったとおり、わたしたちをうちに案内しようとしてる。それでこの土地はもう変わりはじめているの。明るくなったらわかるわ」

「じゃあ、それ、もしかして」あたしはそんな言葉が自分から出てくるとは思わなかった。血のようにただ噴き出してきたのだ。「ジーニアがまた気持ちを変えるってこと？」

横になっているときに肩をすくめるのは難しいが、ダクハウンはそれなりにやってのけた。「だれにもわからない。あの人は自分でわかってるよりずっと何回も気持ちを変えてると思う。お休みなさい、スーズ」

「無理よ」あたしは口の中で言った。「眠くないもの」また横になって、今度はわきばらを下にした。「ところで、姉さんがほんとにうちまで案内してくれるつもりだとしたら、あんたはあたしたちの父さん母さんに会うことになるわ。別に問題じゃなくて——ただ知らせてるだけよ」

ダクハウンはひと呼吸おいてから答えた。「残って、おふたりに会うわ。もしも、遅くついたら、泊まっていく」かすかに笑うと、あたしの顔にそよ風があたるようだった。「つまり、そうさせてもらえたらだけど」

「あたしの昔のベッドを使って」ふいに、それはいい考えに思えた。「そして朝になったら、朝食を作るわ。あんたが――どこへ行くか何をするかはともかく。それは……」

「いいわ」ダクハウンはふりむかなかったが、手をのばしてあたしの腕に触れた。「もう寝なきゃ。長い旅になるからね」

　あたしは最後に眠りに落ち、朝、目を覚ましたら、そこは違う土地だった。

　完全に違うわけではない――まだ、あそこにいて、同じ、色の薄い情け容赦もない砂漠の土が足の下に感じられた。でもいまは遠くに緑の丘が見え、ほのぐらい鼻歌のように、近くで水音がしていた。鳥も飛んでいて、それだけですべてが変わった。鳥はドリーミーの世界ではめったに見かけない――広い空のどこにも、二、三羽しか見かけなかった。そのときに見かけるのは、野生の雁《がん》に似ていて、鷹のくちばしと爪を持っていて、身体は真紅の羽毛か、日没の緑色かどちらかだった。美しいと同時に血が凍るようだ。この世界の他のいろいろなものと同じように。

　最初の日は、あたしがジーニアの灰色の牝馬に乗り、ダクハウンとジーニアはそのわきを歩いていた。もう、ずいぶんぐあいがいいから、とあたしは反対して、それはほんとうだったのだが、その日は、ふたりとも耳を貸してくれなかった。あたりは徐々になだらかな土地に変わってゆき、坂を上っているわけではないのだけれど、空が押し迫って近づいてくるので、高く思えた。鳥だけでなく、動物もいた――兎や、兎のようなものが。人間界の山羊のような動物もいたが、明らかに別物だった。

あたしが木として覚えているのと似た木もあった。若木のように高くて細いが、若木ではない。暗い銀色の幹に、海のような色のまばゆい葉があって、太陽が照りつけると、青い宝石めいて輝いた。ただし幹はきれいだったが、妙に間に合わせの舞台めいた雰囲気をかもし出していた。旅の一座が、村での興行のために適当に立て並べていったかのような。真夜中にはさっさと取り片付けられて、次の町へ運ばれてゆく。そういう感じを持つ木々は初めてだった。

進むにつれ、涼しくなっていった。ただ、陽が落ちてもまだ心地よい感じはあった。この銀の木々の林の中で野宿し、ジーニアは荷物から毛布を出した。ダクハウンが夕食の狩りから戻ってきた――獲物は兎のようなものが二羽と、熟柿のような果物で、それは皮がぶあつくて甘い果肉に到達するのは難儀だったが、さすがにおいしかった――ときに、姉さんは火をおこし、あたしは濁った地下水を両手ですくいだした。この夜、三人はちゃんとした夕食をとったのだ。

日中は楽々とついていくことができて、ちょっと得意になり、ふたりにもそれを示してみせたが、それでも夜は早めに毛布にくるまった。ひとつには、ただ疲れたということもあり、また、ダクハウンとジーニアがしばらくふたりで話をするのもいいと思ったからだ。あたしにはようやくほんとうのところがわかった。この不思議な石の友だちは、この先も自分以上に信頼できる神秘的な存在だ、ということだ。母さん父さんも、それを受け入れなくてはならないだろう――少なくとも一晩二晩いっしょに過ごしてもらえればわかる。今すぐは、そのことについて、あたしは考えたくなかった。

ジーニアはまた全然、別の問題で、こちらについてはますます考えるべきことが増えていった。ダクハウンのほうは、理解できなくても、あたしには「わかっている」――前にもそう言ったけれど、そこが違う。姉さんは全然わからないのだ。十七歳の誕生日に初めて見かけたときから、ずっと愛している。そう、名前も知らず、何も聞いていなかったときから。でもジーニアにとって、それが何なのだろう。あたしにとっても、何なのだろう。それにあたしがなぜ、愛とは何かについて学んでいかなければならないんだろう――若くてひとりぼっちで馬鹿で、馬鹿で、ひたすら馬鹿で、何ひとつ理解できそうにないこの恐ろしい世界にいて。いや、少しでも理解できるようになるのだろうか。

目が覚めたのは、もう暗くなってからで、ダクハウンが隣で寝ていた。あたしがひもじくて、ダクハウンが食べ物も飲み物も見つけてこられなかった砂漠での旅に入って以来、ダクハウンはそうしている。でも、ジーニアは起きていて、月光を浴びてゆっくり歩き回っていた。ときおり、地平線に目をやるけれど、特定の方角ではなく、何かが近づいてくるのを待っているふうでもない。ただ立って、自分自身に話しかけている。ひとことも聞こえなかったが、顔は見えた。

すぐ目をつぶったが、あたしが起きているのは悟られたと思う。ついでに、すぐ寝返りを打ったので、ますます起きていることを知らせてしまった。でもジーニアは何も言わず、近づいてもこない。ただしゃべるのをやめて、残り火の向こうの影のほうへ行った。あたしはこのまま起きているつもりだったが、次に目を開けると、すっかり明るくなっていた。

続く数日も変わり映えがしなかった。あたしが、いつだかわからないが、このゆれ動く境界を越えてからというもの、風景はたえず変化し続けている。あたしは他の人も、同じくらい馬に乗るべきだ、と言ったけれど、ほとんどはダクハウンに向かって、鞍に乗るよう、さりげなくうながし続けていた。つまり彼女は頑固に歩き続けようとする、そういうたちだからだった。でもあたしはあんたこそ乗るべきだ、と言い続けた。それがあたしのたちなのらしい。

ダクハウンのことがだんだん心配になってきた。いや、心配という言葉は、難しいことでも自分でなんとか手を打てる状態をさす言葉だ。あたしは生まれてこのかた、こんなに困りはてたことはなく、ほんとうに怯えていた。ダクハウンが歩こうが馬に乗ろうが、その疲れは傷ついたり血を流したり空腹になったりすることのない石の身体とは別のところ……あたしには手の届かないところから来ている。めったに歩きながらよろめかないとしても、鞍の上でぐったり前のめりになったりしないとしても、あたしにはわかっている。それに気づかないですむのだったら、文句なく魂をさしだしたかった。神さま、聞いておられるのだったら、そうしたいのです。

　ジーニアも彼女なりの感じかたで、それを察していた。ダクハウンがだんだん口数が少なくなっていったぶん、姉さんは歩きながら、場をもたせるために、あたしにもっと話しかけるようになった。そばを歩きながら、輝く湖や青い丘陵を指さして言うのだった。
「覚えてる――この道をきたのよね？」またしてもあたしが名前を知らない黒っぽい細長い生き物が行く手を横切って、ちらとこっちを見、おかげで馬が竿立ちになったとき、彼女は手をたたいて、嬉しそうに叫んだ。「ああ、スーズ！　すてきね！　これを見られたなんて運がいい。あたしの場合は――」そこで言葉を切って、しばらく黙ってから、おずおずとつけ加えた。「そう、一匹だけ、いや二匹かな、見たことがある。ほんとうにめずらしい生き物だから」その生き物に、ドリーミーたちのつけた呼び名を教えてくれたが、うまく聞き取れなかった。

それからだんだん暖かくなってゆき、日照時間も長くなって、ジーニアは明るいうちにあたしたちに旅をさせた。ゆくべき方向を、ジーニアが正確に案内してくれているのかそうでないのか、とうの昔に考えるのはやめていた。今でもあたしにわからないのは、ジーニアがあたしといっしょにうちまで帰りつくつもりでいたのか、最後になって自分を知っている世界――不老不死の春の女王を待っている不思議の王国――へ引っ返すつもりでいたのか。そのときも、そして、今でもわかるのは、ドリーミーたちはいつでも、自分たちなりのやり方で約束を守るということ。

ダクハウンはいまではやや頻繁に眠るようになっていた。あたしたちといっしょに、日中歩いたり馬に乗ったりするのはまったく楽そうで、本来眠りはごくわずかかほとんど要らないにもかかわらず。あたしはジーニアの牝馬をつなぐ安全な場所を探しにいっていた――王の馬かどうかはともかく、いつもどこかへいなくなる馬だから――あたしはダクハウンを起こさないように毛布を直していたが、そのとき黒い小男を見た。

夜そのものから出てきて、影が実体化したように見えた。一瞬のあいだにいなくなり、次の瞬間、ダクハウンのすぐそば、肩の上近くに座って、眠っている顔をじっと見ていた。

あたしが羽虫のようにそれを払いのけようとしたことにも、気づかないようすだった。彼は枯葉のような顔で、声は風がくる直前のささやく音のようだった。「行っちまえ。眠っちまえ」

「おまえこそどこかへお行き。このひとは渡さない。友だちだから」

あたしは怯えていたのだろうか。いや違う。時間がなかった。すぐ彼とダクハウンの間に割りこんで、押しのけようとした。呼吸の名残のような、ささやきのような手触りがした。あたしはもう一度言った。「この人は死ねないの。おまえに権利はない。石は死なないんだから」

小男はふりむいて、彼女を見ていたのと同じように、今度はあたしを、あたしの目をのぞきこんだ。そう、そのとき、あたしは怯えた。枯葉のような顔がおそろしく哀れっぽかったから。彼はささやいた。「なあ……石は愛することもできない。でも、ときにできることもある。ときに、石でさえ……」

何を聞いたか、その表情の何を見たのかはともかく、実際には何も聞かず、見もしなかった。ただやみくもに小男を押しのけた。「行っておしまい！　いますぐ友だちから離れて！」

すると彼はそうした。ダクハウン――眠りながら一度も身じろぎしなかった――のそばから立ち上がり、奇怪きわまる、こわばっておごそかな小さなお辞儀をし、あたしに笑みを向けた。それから消えてしまい、あたしはダクハウンのそばに座って、自分でも気づかないような音をたてていると、そのうち姉さんが両腕をあたしに回してきた。

あたしははたと動きを止めた。はたと。でもその音はずっとしていて——ほんとうに永遠に思われる時間がたって初めて、それは姉さんのジーニアがあたしを抱きながらたてている音だということに気づいた。そのときあたしたちは抱きあっていた。

10

問題は、綱がゆるんでジーニアの牝馬が逃げ出したことじゃなく——あたしは蹄の跡や噛みしだかれた葉っぱやフンを頼りに、跡をつけることができる——問題は、馬が綱をみっしり繁った下生えにからませてしまったことだ。ほどいて野営地に連れて帰ったころには夜が白んで、ダクハウンがあたしを探しにかかっていた。昨夜の黒い小男が、その肩の上に座っている。

どうしていいかわからなかった。彼女はまったく気づかず、重みも感じず、耳もとにささやかれても聞こえていないようだ。あたしが小男に、「やめなさい」と言っているのも聞こえない。あたしが牝馬を連れて戻ってきたのを見たとき、一瞬、ダクハウンの顔が朝日のほうを向いた。あたしが知ったのはまさにそのときだ。

黒い小男はあたしが知ったのを知った。その瞬間、身体が堂々と、えらそうに、あたしたちふたりを合わせたよりも大きく、そう、姉さんが王さまから盗んできた牝馬よりも、大きくふくれあがった。それからかき消えるように、ため息のように、姿がなくなり、あたしは知らないうちにこう言っていた。「馬が茨にからまっていただけよ。探しにきてくれなくてもよかったのに」

ダクハウンの顔はいつものように表情が閉ざされて、平静だった。「手を貸してほしいかと思ったの。この馬、ときどき気難しくなるから」

「あたしに扱えるんなら、気難しくないわ。信じて。あんたよく眠れた？」ダクハウンはうなずいた。憐れみはあるかもしれないけれど、やさしさはまるでない相手に乗っかられていたことなど、まるで気づいていない顔だ。

「急いでいかないと。もうそろそろ、うちの匂いがしてくるんじゃない？」

あたしにはまるで匂いがしなかった。ドリーミーの国はしだいに美しく——なつかしいとさえ言えるほどに——なっていたが、以前と同じく、自分の故郷でないことには変わりがなかった。境界を越えるとき、覚えのある風が吹いて、まごうことなき匂い、木か、家か、知っている声かがするのだろうか。あたしはにっこりして、少し首を振った。「ううん、まだわからない」

今度はあんたが馬に乗って、とあたしは言いはり、ダクハウンはいつものようにそれを拒んだが、ジーニアも、乗って、と勧めた。それであたしたちふたりは灰色の牝馬の両わきを歩いてゆき、いまでは婚礼衣装と暁の花束のような色の若木が、左右に揺れていた。

しばらくして、ジーニアが低く、つぶやくように歌い出した。

木をのぼり、丘をくだり
リンゴのバター、リンゴの汁
オークのまわりを三度跳びまわれ
朝の音楽、真夜中の戯《たわむ》れ……

知っている歌だ。父さんが歌ってくれた。父さんは眠れないときはこういう歌をいくつもいくつも思い出し、だからあたしはそれを聞き覚えた。壁ごしに父さんがそれを歌っていたから。あたしは、目か表情で何かしたのだろう。やがてジーニアが歌いやめた。

「何?」

「何も変わらない。まわりがどんどんきれいに、きれいになっていって、でも同じもの。ダクハウンは、姉さんがすべてを変えてると思っているけど、姉さんじゃないよね。教えて」

姉さんは黙っていた。全身で拒絶するように肩をすくめた。王さまから盗んだ牝馬がその朝、鞍をいやがったときのように。あたしは言った。「いつもあいつらなのね。姉さんが何を望んでも、というか望むということがあればだけど、ほんとうに望んでるのはあいつら——か王さまか、わからないけど。姉さんは何ひとつ自分じゃ変えられない。姉さんに力はない」あたしは足を止め、美しい朝の景色のただなかに立った。「教えて、ジーニア」

　牝馬はとことこと歩き続けた。ダクハウンはあたりを見回したりはせず、ジーニアも同じだった。ふたりが先を進んでいき、一度もふりかえらず、何も言わず、そのうちにあたしの姿が視界から消えてしまいそうな気がした。その瞬間、父さんの歌が呪文のように頭の中に響いた。「オークのまわりを三度跳びまわれ……」あたしでさえ、そのオークが魔法の存在をさすことはわかった。

　最後にジーニアが、自分の肩越しに声をかけてきた。「ちゃんと正しい方向へ連れてってあげてるのよ。信じて、スーズ」

「信じる。でも、ちゃんとした方向というだけじゃなく、何か他にあるんじゃない？」あたしは足を速めたが、追いつくとまではゆかず、牝馬に声が聞こえる距離まで近づいた。それは自分の声じゃなくて、会ったこともない老婆の声のようだった。「あたしには何が足りないんだろう、ジーニア」

前のほうで、ダクハウンがいきなり牝馬を止めた。「馬に乗るには景色がきれいすぎる」と、子どものようにしなやかに鞍からすべりおりた。そうすると黒い小男がそのかたわらを歩いていた。ときおり、はっきり見え、ときおりぼんやりとなってしまう。でも彼女といっしょにいた。

ダクハウンはまったく注意を払わなかった。道沿いの花を摘んでいたが、そんなことをしているのも初めて見た。特に花の形や咲き方に関心があるようではなかった。色もばらばらで、いくつかは見覚えがあったが、いくつかはこの世界でも、あたしの知っていた世界でも、見たことがなかった。ダクハウンは両手でそれぞれを大きな花束にして、顔に押しつけ、目を閉じてほほえみ、そうすると、黒い小男が彼女を見つめながらほほえんだ。

ジーニアが言った。「あんたが戻る道は、来た道の反対側よ。人によって違うけれど、あんたが心を決めて渡り越えた場所までは連れていける。わかる、スーズ？　わかるかな？」

あたしはかぶりを振った。「ううん。でも心配いらない。いつそこに着くかだけ、わかればいいから」ダクハウンは花をあしらい、よりわけて、幸せそうで――そんなダクハウンは見たことがないほど、愚かしく見えた。姉さんにきいてみた。「その場所――あたしが渡り越えた場所――に来たら、あたしといっしょに来てくれる？　つまりあたしたちといっしょに」
牝馬はこの機会を盗んで、鼻が届くかぎりの草を食べようとしていた。ジーニアは背を向けて鞍の毛布を直し、すばやくまたがった。あたしの質問が聞こえたのかどうかはっきりしなかったので、もう一度きいた。答えがないので、それが答えだろうと思い、放っておくことにした。三人はそして進んでいった。

　ときどき四人になった。黒い小男が好き勝手にあらわれてはいなくなり、ダクハウンの隣を歩くか、疲れた子どものように彼女の肩に乗るかした。小男はいまではあたしに目もくれず、ときおり、ダクハウンの耳にささやきかけていた。一度だけ、彼女がかすかに不快そうな顔をし、むっとしたように首をふった。それ以外はまったく反応せず、集めた野花をひしと抱いていた。腕の中でそれはまた花開いて、こう言っていいなら、彼女のほうに花首を伸ばすように見えた。あたしのほうには伸びてこない。

　あたしが声をかけると、ダクハウンは最小限の短い言葉で答えた。大昔——どのくらい前だったか、そのときあたしは何者だったんだろう——には、あたしは、ダクハウンのぐあいを尋ねるとか、また馬に乗ったほうがいいんじゃない？　とかきこうとも思わなかった。今ではそうした問いをかみ殺し、ただ水や、彼女が何よりも好きな食べ物であるらしい、わずかに残った水草を勧めるだけだった。そして夜には……夜には、あたしは、かたわらでずっと目を覚ましていた。

一日一日、変わっていったのは、ドリーミーの姿を多く見かけるようになったことだ。あたしが長くひもじい思いをしていた砂漠での最悪の時間以来、そしてジーニアがあたしたちを見つけにきたとき以来、しばらくひとりのドリーミーも見ていなかった。いまでは毎日朝や夕方には、多くのドリーミーが木立からあらわれて、いっしょに歩くようになった。ときにはなんだか、大昔から見覚えのある身内のように思える。姿の一、二箇所だけがひどくおかしいことをのぞけば。ときに、彼らはほんとうの夢のようにも思えた。荒々しい道連れ、美しく、恐ろしく、その両方でもある道連れ……そのすべてでもあった。そして神々があたしを許そうと許すまいと、最後にあたしは、理解した。なぜ姉さんがうちに帰りたがらなかったのか。でも、それを責めることはできない。

だが、黒い小男はドリーミーではなかった。あたしの目に入ろうと入るまいと、そこにいて、毎日くっきり見えるようになっていった。ダクハウンの特別な仲間のように、または自分がダクハウンの主人のように肩に乗っていた。いずれにせよ、あたしがひとことふたこと聞き取れるほどはっきりした言葉を小男が発しても、ダクハウンにはまったく見えていないようだった。一度、小男は「わしの理屈」と言い、あるときは「気にかけるなら……」と言った。「あの犬がたまたま……」とかなんとかいう言葉が聞こえたことは、いま思い出しても確かだ。犬？　あたしのマルカとなんの関係があるんだろう。でもダクハウンは依然として、無関心だった。彼女の注意は、自分が摘んだ、色あせることのない野花に集中していた。

　夜には、黒い小男が近くにいるときでさえ、彼女は花をそうっと毛布の下に入れていた。それがわかったのは、彼女が悶々と寝返りを打ったり、毛布を押しのけたりしたとき、あたしが直してやったからだ。そうしたときには、あたしの手がジーニアの両手をふわりとかすめ、たとえ口をきかなくても、姉妹はお互いにほほえみをかわした。ダクハウンは全然目を覚まさなかった。

　雨の気配が甘く香る暖かい夜、姉さんとあたしはいっしょに散歩に出た。計画していたことではなかった。ふたりともダクハウンから離れたところへ行きたくなかったが、一度もそれについては口にせず、それ以外の不安なことについてもしゃべらなかった。口にしたのは、主に風景の日ごとの変化——その日は湿地がうねうねと曲がりくねって、陽を受けた水たまりがいくつか、突然どこからともなくあらわれた——で、風変わりな植物や動物がこっちに目を走らせていて、中にはジーニアも見たことがないものもいた。「いつもそうなのよ」ジーニアはなにげなさそうに言った。「いまではあんたにも見えるわね。同じ姿のままでいるものもいるけれど、たいていは……」と、あたしがするのとそっくりに右肩をすくめたが、自分では気づいていなかったようだ。「変わるのよ」

ふたりとも、あとは何も言わなかった。あたしは、黒い小男に気をつけながら、ちらちらダクハウンをふりかえって見た。ジーニアが最後に咳払いをした。「絶対とは言えないけれど、明日、あんたが決心を変えた場所にたどりつく気がするの。あんたが自分の世界を踏み越えて……」あとは言わなかった。

「そうね」あたしたちは歩き続けた。

「道は見つかるわ、だいじょうぶ」と姉さんは言った。「境界を越えたら、何もかも見慣れたものになる。見ていなさい」生暖かい夜気の中で、姉さんは明るく笑った。「ああ、スーズ。約束するわ。その瞬間、あんたをうちへ導いてくれるものぜんぶに気がつくわ。山羊の小径とか、あんたの父さんがいつも手直ししていた粉挽き小屋とか……」そこではっとなって、言い直した。「ごめん、あたしたちの父さんね」

「謝ることないわ。父さんはあとで、新しいのを建てた——ご近所さんにてつだってもらって。そりゃあ、姉さんは知らないはず」

そのあとはふたりとも無言で歩いてゆき、ようやく野営地に戻ってきたところで、ダクハウンが寝苦しそうに寝返りを打ち、黒い小男が、粗末な蠟燭さながらちらちら光りながら、それを見守っているのに気づいた。いや見張っていたのだろうか？　そのときはそうは思えなかった。あたしがダクハウンのほうへ駆け寄るや、小男はふっと消え失せ、一瞬ダクハウンも消えるかと思われた。

ジーニアが静かな声で言った。「あの古い粉挽き小屋……羊たちの目の隅がいつもただれちゃった病気……あたし、覚えていたかったと思う以上のことも、だんだん思い出してきたわ、スーズ」もう一度あたしの名前を、今度は軽い質問のような調子で口にした。あたしは一瞬、ジーニアをふりかえったが、それ以上、彼女は何も言わなかった。

朝には風景が変化していた。最初は黒い砂が四方八方へ飛び散る広い原のようで、次に密林の残骸のようなものに変わっていった。木々には蔓草がぶあつくからみつき、広い緑の天井へと突き抜けていた。あちこちに巨大な蟻塚のような盛り上がりがあって、雨の色をした川の蛇行がうっすら判別できた。ドリーミーたちはもうほとんどついてこなくなっていたが、木々の間に、彼らのおしゃべりや笑い声が、まだなまなましく響いていた。ほんとうにうちへの道が見つかったときにも、あれはまだ聞こえるのだろうか、とあたしは思った。

次はダクハウンが馬に乗る順番だったが、あいかわらず説得できなくて、ジーニアが馬に乗って先頭に立ち、あたしはその後ろに続いた。黒い小男がちらり、と姿を見せたとき、あたしは、彼がダクハウンの肩に飛び乗らないよう前をさえぎった。「あの人をごらん」

と彼に言った。「何マイルもあたしたちと同じように歩き続けて、絶対にぐあいが悪くならず、愚痴も言わず、だれよりたくましいのよ！　そう、おまえはまちがってる——この人はおまえのものじゃない。絶対に、おまえたちの仲間じゃない。おまえには何があっても渡さないから！」あたしは平静な声を出そうとしていたけれど、最後のひとくさりはわめいていたかもしれない。そう、最後のひとくさりだけだけれど。

　黒い小男は二度目に、冷たい憐れみの目であたしをまっすぐ見据えた。何も言わなかった——あたしには二度と何も言わなかった——が、ほんの一瞬、両手であたしの口に触れ、ふっと姿を消した。

　でも、彼が見えようと見えまいと、近くにいるのはわかっていた。今度はおちつきはらって声をかけ、突然しびれてしまった唇ごしに説いて聞かせた。「違う、この人はあたしの家族に会いにくるのよ！」唇はその一日が終わるまで、感覚がなくなっていた。

　長い一日だった。太陽は決して沈まず、宙に浮かんだままで、いっぽう空自体は刻々流れさってゆくように、しだいに高くなり、色が淡くなり、そのうちに本物の空ではなく、遠く漂う泡、下界の何物とも関係なく漂う泡のようなものに見えてきた。ドリーミーの土地の中でさえ、こんな空は見たことがない。一日があたしのまわりでふくらんでゆき、いつなんどき不吉なことが起きるかもしれない気がした。嵐がこれを一掃してくれれば、または一度も体験したことはないが、地震でもあれば、と思った。何か起きて、けりがつけばいい。

　ダクハウンは最後にやっと馬に乗ってくれ、あたしは姉さんのかたわらをとぼとぼ歩いた。枯葉のような顔をした黒い小男はどこにも見えず、それは彼がダクハウンに肩車していたときよりも、あたしを不安にさせた。ダクハウンは今では食べも飲みもせず——その香りが唯一の養分であるかのように、摘んだ野花を抱きしめていて——毎朝、彼女を起こすのが難しくなっていった。でもいったん目を覚ますと、ジーニアよりもあたしよりも旅に熱心で、つかのまも休んだりまどろんだりはしなかった。あたしにはひとこともかけない。

　ジーニアがほとんどささやくような声で静かに言った。「ここ……もうすぐそこ。もう近い」

　あたしにはその差異がわからなかったが、ただ、ようやく暗くなってきていた。「あたしにわかるかな」

「前にも言ったけど、ここは人それぞれにとって違う場所なの。自分がどこで境界を越えたのか、わからない——あたしはドリーミーたちに運ばれていったから。父さんが言ったように」今では、ジーニアはもうひとつのあの声で話していた。その声を出しているときは、顔が違う。「そしてあんた……あんたはどこへ行くか見たりせず——ただ進み続けてきた。あんたのことが少しわかってきたわ……」

ほほえみというほどではなく、口が少しすくめられた。「だから、あんたがどうやってがむしゃらに走ってあたしを探しにきたのか想像はつく。あんたがどこから出発したかも、見も知らない相手のことをどうやって考えたかも……」と言って、そこで、ほんとうにほほえんで、一瞬、あたしの姉さんジーニアに、もう一度戻った。「だから、考えてみたの——そう、いくつか問いをたててみて——で、いまではあんたが来た方角へ向かっている。あんたとあたし、そしてあんたの友だちも」

「ダクハウン。名前知っているよね」

「もちろん。あたしたち三人。もう、ここがその場所よ」ジーニアは短くゆっくりとした、きれぎれの息をついて、きっとあたしを見据えた。「でも、この先へ行く前に、あんたが知っておくべきことがあるわ。いま。進む前にね」

あたしは半分聞き流していた。空はあたしたちのまわり以外、暗くなってきていた。まわりにも、頭上にも、あたしたち三人から発しているような明るさが広がっていった。いっぽう、黒い小男はたえまなくダクハウンにささやきかけて、息をつぐ間もなく、なだめたりすかしたりして、彼女をいっときもひとりにしなかった。あたしは彼のほうへ一歩踏み出し、平手打ちを食わせたくて、彼を払いのけようと指を曲げていた――彼が何者であろうと、もう気にならなかった――が、そのときジーニアが、ようやくあたしの注意をとらえた。あたしはふりむいて、「何？」ときいた。

　あたしが今までの全人生を忘れても、わが身に起きたあらゆることを忘れても、知り合いの全員を忘れても、このときのジーニアの顔だけは絶対に忘れないだろう。その顔が声と同じように、あたしの心臓と同じように、ばらばらになってゆくさまは、あたしが死ぬときにも目に焼き付けられているだろう。「スーズ、あんたは妹じゃない」

　もちろん、それは知っていた。あたしとマルカは同じ籠か何かの中で生まれたにせよ、マルカがあたしのベッドで死んで、あたしは死ななかった、あのとき以来、ずっとわかっていた。ジーニアの初めてのなつかしい顔を見る前から、わかっていたと思う。それでも続く言葉は聞きたくなかった。絶対に。ダクハウンが、〝死神〟が耳もとにささやく声を聞くことがないのと同じように、あたしも、高まりゆく明るさも、自分の中に起きていること、内側で起きていることも、どうでもよくなっていた。ジーニアがどこかで言っていた。「おお、スーズ。あたし心から……」でもその先を聞きたくなかった。絶対に。

　そのとき夜がぱっと、あたしと同じように裂けて開き、王があらわれた。

11

王は稲妻のごとくあらわれた。眼を持った稲妻のごとく。

いや、そうじゃない。でも、どう違うか、そのすべてを言い表すことはできない。そう、稲妻というか、大きな黄色っぽい白い炎が、地平線にではなく、すぐそばにあらわれたので、いまに雷鳴が来ると思った。でも雷鳴はとどろかず、ただもう一度閃光がひらめいて、木々がまったく色を失い、すべてが白黒だけになった。枝々の葉も、枝に群がるドリーミーたちの顔も。世界にある唯一の色は、王の眼の稲妻だけだった。

いや、その色のことはまちがえていた。目が半分くらい慣れたとき、王みずからの発する薄光がすべてを氷の色にしたのだ。その眼の色はそうとしか言いあらわせない。そんな色がこの世にあるとは思えない色。白と呼ぶこともできないし、水のようでも雪のようでも、銀や鋼や見たことのあるどんな金属にも似ていない。不正確だけれど、なんとか言えるのはそれが氷だということ。死のように冷たく、彼自身のように年古《としふ》りているが。

王が話しはじめたとき、あたしには理解できなかった。その言葉がわからなかったというだけではなく、彼がジーニアにしか注意を向けていないからだった。もしドリーミーの王の注目を失えば……その者はなぜかきっと存在しなくなる。いやそうじゃない――あたかも、すべての次元が消えてなくなる、というのが、そのとき、あたしの感じたことだ。世界にはジーニア以外、だれもほんとうには存在していない。ジーニア……あたしの姉さんだった彼女だけ。

王がジーニアに言ったことは、言葉であれ、言葉を超えた何かであれ、はっきりとしていた。「そなたは、ここなるものどもとはかかわりがない。放っておいて、そなたの元の場所に戻るのだ。そなたの身内のもとへ」

ジーニアは答えなかった。あたしにそれは責められない。彼女の顔を見た。

王がまた何か言っていた。声の響きに痛みがあったかどうかわからないが、わかるのは、今度はどこかが違っていたことだ。こう言っていた。「そなたの身内が呼んでいるぞ。うちへ帰れ」そして、彼女の名前を呼んだ。

この人たちには姉さんを呼ぶ特別な名前がある。家族だけがお互いに呼びあうような名前。それがなんだったのか、あたしにわかることはないだろうが、王がそれを姉さんに語ったのは聞こえた。聞き逃すことはありえない。

　ジーニアは何も言わなかったが、全身がふるえていた。あたしにも感じられた。そばにいることを感じてもらおうと、あたしは近くに立っていたからだ。姉さんはかすかに首をふった……ごくごくかすかに、だが王にはわかった。もう一度言った。「うちへ帰れ」

　書き下ろすと、命令のように響くかもしれないけれど、それとは違う。王はまたほかのことも言いはじめたが、そのときドリーミーの女王が、王の影から一歩踏み出した。

　王の眼よりも、女王の眼のほうが描写しやすい。ダクハウンの目のように淡いが、もっと軽く、本人がその中にいないかのような、奇妙な遠さをたたえていて――飼っていた年寄り羊のナラクがそんな目をしていたが――言ってみれば、魅力的な森の奥にさまよいこんでしまい、それについて真剣に考えこんでいるといった感じだった。ドリーミーの女王の眼のような目は羨ましい。でも、よくわからない。

　少なくとも、女王は娘に対するように話しかけていたが、王のほうは何かを命令していた。だから、王が雷雲のように彼女の上にそびえたっていたのに対して、女王はジーニア自身よりも少しも大きくなく、背が高くもなかった。彼女には稲妻がない。あたしにはわかる。

　ただこう言った。「そなたが愛おしい」それが、ドリーミーの女王について、あたしがもっともよく覚えていることだ。

ジーニアは静かに言った。「あたしも同じ」でも相手を、母さんとも女王陛下とも言わず、一歩も近づこうとはしなかった。

女王は言った。「でも、そなたは彼らといっしょに行ってしまう」〝彼ら〟という言葉の前に、ごく小さな間があったが、あたしには聞こえた。それはベルのような、小さなハンマーのような間。

ジーニアはひと息入れてから答えたが、声に迷いはなかった。「大昔、あなたについていきました。楽しかったし、後悔しているとは言えないけれど、もううちへ帰らなくては。あなたのやさしさにはいつまでも感謝します」そして、貴婦人がするように、女王に頭を下げた。身分ある女性のように。

「やさしさ……」それは問いかけというほどではなかったけれど、明らかに小さなハンマー以上のものだった。女王が言った。「そなたはほんとうの家は、わたくしたちのところだとは思わなかったのだね」それもまだはっきりした問いかけではなかったが——女王は、大昔からその答えを知っていた。ジーニアが知るよりもさらに前から。

王がそこで口を開いた。彼のことは、そのときも今もわからないけれど、声には、あの魚の歯の少年が「あの子は生まれる前から、ぼくらの仲間だった……」と言ったときと同じような苦さがあった。でも、女王は彼に耳を貸さなかった。まさかドリーミーの王に対してそんなことができるとは、あたしは夢にも思っていなかった。

「わたくしたちはあなたを待っていた」女王はできるかぎりおちついたもの言いをしようとしていたが、声は言うことをきかない生き物のように喉につかえていた。突然その生き物が身をもぎはなして自由になったかのように、女王は叫んだ。「わたくしたちはそなたの親たちよりも長く待った！」その語気の痛々しさに、あたしは顔をおおった。「親たちよりもずっと長く！　長いこと待ったのよ、ほんとうに長いこと！」

　ジーニアがそばでふるえているのがわかったが、声は変わらずおちついていた。「あたしは生まれてからずっと、あなたがたといっしょに暮らしてきたし、他のひとたちがどういうものなのか全然わかっていない——それは隅から隅までほんとう。でもスーズ……スーズとその友だちが、あたしを知らずにあたしを探しにきた。スーズはあたしがどこに属しているか知っていたから」あたしが顔をあげようとしたとき、ジーニアは鋭く一歩出て、女王に面と向かい合った。「スーズがなぜそれを知っていたかわからないし、自分でもわかっていないと思う。でも知っていた。だから、あたしはいっしょにうちに帰る」顔には涙が流れていたが、ぬぐおうともしなかった。「とても怖いし、このふたりがあたしをどうするかも想像がつかない。でもそんなのはどうでもいい。ごめんなさい」

　ドリーミーの女王は泣きはしなかった。でももう少し何かを言おうとしたが、王がさえぎった。今度は王に言い返しもしなかった。そうなのだ。

「おいで」王は妻に——そう、いま話しかけている相手は女王ではなく妻だ——言った。「この娘をみずから選んだものたちにゆだねよう。犬や、友だちだと思っている歩く石像に……そしてほんとうの家族に」そこにこもった侮蔑は、胸がつぶれるようなものだった。でも直前に女王の顔を見たので、あたしの胸はもうつぶれていた。あの顔を、あの眼を見さえしなかったら、と今でも思う。

「あたしは犬じゃない」聞いてもらうには、声をあげざるをえなかった。なぜなら、いままでこれほど、あたしが言いたかったことはないからだ。「あたしはスーズ、それがあたし。これはこの世界でたったひとりの友だちダクハウン——そしてこれが姉さんのジーニア」あたしは彼らが——またはジーニアが——反論するのを待っていたが、だれも声をあげなかった。「あたしたちはもといたところへ帰るの。あなたがたが許してくれようとくれまいと」

あたしは片腕でジーニアの肩を抱き、もう片方の腕をダクハウン——まるであたしを初めて見るかのように、淡い色の目であたしを見た——に回し、ふたりといっしょにさっさと歩き出した。

木々の中のドリーミーたちは、王や女王と話しているあいだ、ひっそりと口をつぐんでいたので、あたしとしては、やっかいな彼らの存在を忘れていられた。でも今になって低いうなるような声をあげだした――この不思議な土地に来てから、もう日々の一部として聞き慣れてしまった、いつものからかうようなおしゃべりではなく、歌のような、メッセージのような、むきつけにあざ笑っているような、そんな声だった。それは徐々に強まってゆく、脅しのような息遣いだった。ドリーミーたちがそんな声を出すとは、夢にも思っていなかった。

後ろで、王が叫んでいた。「犬よ、おい、犬よ！」

そう、ふりかえらざるを得なかったが、全身ではなく、首だけでふりむいて、あたしはひたすら歩き続けた。

「そなたもわれらとともに戻ってもよいのだぞ、犬よ。さすれば、そなたとその石の友だちを待つ運命は、そなたが行くべきところで見つけるつもりの人生よりも、はるかにつらくないはずだ。もうそのことはわかっておろう、犬よ」

あたしは歩き続けた。足の存在は感じられなかったけれど、歩き続け、ジーニアも歩き続けた。意外というかそうではないと言うべきか、あたしの腕の下でふりかえったのはダクハウンで、怒り心頭に発していて、すぐさま王のもとに言い返しにゆきそうなのを、あたしは全力をふりしぼって止めた。ダクハウンにどれほど体力があるか、思い知ったのはこれが初めてではない。ドリーミーたちの声はますますうるさくなっていたので、ダクハウンがあたしに言ったことの大半は聞こえなかった。ただ断片的に……「王はわかっていない……あなたが何者かわかっていない」と。

ほかにも何か聞こえた――女王があたしたちに呼びかけた声だが、ドリーミーたちが悲しげにわめきたてる声に、かき消されてしまった。あたしはぐいぐい前進して、決してふりかえらず、またダクハウンがふりかえらないよう、引き続き、必死に抱き止めていた。一度、あたしを完全にふりもぎろうとしたが、あたしは断固としてしがみついていた。

それから、突然すべてが消えた。すべての声が消え、ダクハウンがもがくのをやめたので、あたしはつんのめりかけ、倒れるところを、ジーニアが受け止めてくれた。月がふくらんで昇ってゆくところで、あたかもそれだけがいま聞こえる音のようだった。

三人とも、いま境界、つまりひとつの世界ともうひとつの世界を隔てる境界を越えたのがわかったが、だれもそれを口に出すまでもなかった。あたしたちは、なおしばらく、膨れ上がった不吉な月の下にいたが、やがてダクハウンがゆっくりと言った。「ここは……あなたのうちじゃない、スーズ」

それは問いかけではなかった。女王と同じように、彼女も答えをすでに知っていた。あたしは首を振り、ダクハウンがうなずいた。「来て。うちに連れていってあげる」

そう言って、月のもとからさっさと歩き去った。ジーニアもすぐに続き、ふたりがよく知っている、頑固で疲れ知らずのダクハウンの歩調に遅れまいと足を速めた。でもあたしは、ちょっと足を止め、漠然と、姉さんと思える相手を見つけた、あの別の世界のほうをふりかえった……その世界であたしは、自分だと思っていた少女を失い……ありえない生き物を愛するようになった。自分で思う以上に長くたたずんでいたのだろう。ふたりに追いついたときには、太陽が高く昇っていたからだ。

自覚はしていたが疲れて気がそぞろになっているときには、物事がぼやけてしまうので、あたしたちが歩き続けたのが二日か、もしかして三日かはっきりとは言えない。まわりに開けてゆく風景が完全に心地よいことはわかったが、どれも、見慣れた感じがしてこない。聞こえる水音も、ありとあらゆる方角から香る植物の匂い――ひとつとして名指すことはできなかったが――と同じくらい、心を安らがせてくれるものだった。でも母さんにいつも持っていってあげた野生のキノコのような何かを、見つけたくてしかたなかった。

ほぼ一晩歩き続けた翌朝早く、あたしたちは野営地におちつき、ジーニアとあたしは食料を探しに出た。ダクハウンもついてきたそうだったが、ここにいて休んで、とあたしは説きふせた。ドリーミーの王と女王が彼女を見て以来、あたしは特に心配になっていた。黒い小男が、ずっと彼女のそばを去らないことも不安の原因だった。

あたしが野生のタマネギとアスパラガス――いっしょに料理するやり方がある――を山ほど抱えて戻ったとき、ダクハウンは目を覚まそうとしなかった。

毛布の上に横になって、わきを半ば下にしておだやかに寝ていた。開いたままの右掌に頭をあずけていた。いまでもその姿を覚えている。もうひとつの奇妙な難しい名前で、あたしが彼女を呼び続けたときと同じような姿勢だ。

草から朝露が乾いてゆくあいだ、ダクハウンの頭を膝にのせて、自分がどのくらい座っていたのかわからない。太陽は動かず、甘くて無意味な天候が続いてゆき、頭上に舞い上がり、空をかける鳥たちは、いまは本物の鳥だった。一羽も名前はわからなかったとしても。昨日よりもたくさんのタンポポが、にょきにょきとあたりに生えだしていた。

そして黒い小男はダクハウンのそばに座って、彼女と同じくらいおだやかな顔をしていた。

ダクハウンの長い長い呼吸の間合いがだんだんのびていったが、あたしがそれに合わせて呼吸しているのかもしれなかった。あたしが不安なのは――少なくとも呼吸は規則正しくおちついていたのに――あたしが見まいとしていた変化、彼女に起きた、彼女の中に起きた変化だった。

彼女はやはり彼女らしく、世界のだれとも似ていなかった。世界のはての夜の中であたしにおおいかぶさってきた不思議な安らぐ影。あたしをできるだけきれいに洗い清めてくれた影。でも、石の中がだんだん透けて見えてきた。

　片手をダクハウンの頬に、喉にあてると、指にゆっくりとした息遣いと心臓の遠いささやきが感じられた。黒い小男は少し離れて座って、まったく平然としているようだった。ふたりのあいだにあった戦いがなんであれ、もう、とうに終わったことだというように。あたしは二度、ダクハウンの閉じたまぶたがふるえるのを見て、そのつど名前を呼んだが、反応はなかった。今では、その皮膚の下に人外らしい違和感を覚えずにすむような箇所はなかった。石の骨格が浮かび上がってくるのが見えたかどうかは、定かではない。何をしてあげたらよいのかわからなかった。ただ、その心臓と同じようにささやき続けるしかなかった。

　顔をあげると、ジーニアが近くに腰を下ろしてきた。気がつかなかった。あたしの十七歳の誕生日に、初めて見かけたときのように、大きな灰色の石の影に、その瞬間に、忽然とあらわれた。離れたところから、目で問いかけてきた。あたしはかぶりを振り、ふたりして無言で座って、ダクハウンの呼吸を見守っていた。そよ風でたえずその髪が乱れるので、あたしはずっとなでつけ続けた。

　ようやく、ジーニアが言った。「だいじょうぶ、だいじょうぶ」いきなり立ち上がり、うなずきかけたので、あたしも立ち上がった。ジーニアが言った。「父さんの歌、いつもあたしに歌ってくれていた歌。あんたは覚えてる？」

　答えの代わりに、あたしは最初の数節を歌った。「木をのぼり、丘をくだり……リンゴのバター、リンゴの汁……姉さんが前にそれを歌ったとき、信じられなかった」

「それ以外、あまり覚えていないの」ジーニアは静かに言った。「その歌……と、他に、ひとつふたつかしら」と、言いさして、まじめに考えこんだ。「そうだ、お話があった。その話は覚えてるわ。小さな女の子とライオンの話……それから狐も出てきた。狐が女の子を助けたんだっけ……？」

　あたしは奇妙な胸の痛みを感じ、それを感じたことを恥ずかしいと思った。それはあたしの話、あたしが大好きだった話、それを父さんは姉さんに話していた――あたしが生まれるまでは、姉さんじゃない、姉さんではありえなかった人に。でもあたしはただこう言った。「知ってるよ、その話。でも猫、黒い猫の話。父さんはそう言ってた。賢い黒猫と女の子の話」

「ああ、そうだ。そうね。黒い猫」

　ふたりとも黙りこみ、あたしはダクハウンの顔を見つめ続けていた。ジーニアはあたしを見つめ――それが目の隅っこで感じられた。ダクハウンの息遣いは平和ではるかな遠いものになり、なぜ自分がそれにそんなに怯えたのかわからなかった。あたしは、いつもちゃんとは覚えられなかった、彼女の奇妙な名前全体を言おうとした。
「だいじょうぶね」ジーニアは今度はささやいた。さっとあたしから目をそらし、木の繁った丘に目をやった。朝方、狐のつがいを見かけたあたりだ。ジーニアはまた歌い出した。

木をのぼり、丘をくだり
リンゴのバター、リンゴの汁
オークのまわりを三度跳びまわれ
朝の音楽、真夜中の戯《たわむ》れ

声はしだいに力強くなり、木の枝がわずかながらざわめきはじめたように、あたしには思えた。するとダクハウンの近くの草むらでまどろんでいたかのように、黒い小男がいきなり立ち上がって、三人をにらみつけた。最初にダクハウンを、それからちらとあたしに目をやり……そのあとでジーニアに目を注いだが、彼女はすっくと身を起こして立ち、頭をそびやかすと、声と風がなぜかひとつのものとなって、心のたけをいっぱいに歌いあげたようだった。

木をのぼり、丘をくだり
リンゴのバター、リンゴの汁
オークのまわりを三度跳びまわれ
朝の音楽、真夜中の戯れ……

すると木々の枝がもっと激しく揺れだし、最初は一本、次にもう一本と、最後にはすべての木々が揺れ、葉はそこに何か大きな、かしましいものがひそんでいるかのように、打ち合いはじめた。あたしはこの世界では、ダクハウンのゆっくりと、さらに緩慢になってゆく息遣いにしか気を取られていなかったので、この丘のすべての木々がオークだ、ということにはいま初めて気づいた。

ジーニアはあたしたちのほうをふりかえることなく、あたしにちらと目をくれることもなかった。ただ歩きだし、一番大きなオークのまわりを、ゆっくりと、その幹の太さが必要とする以上に、長い時間をかけてぐるりとまわった。向こうがわに行くと、しばらく姿が消え——今度はさらにゆっくりこちらへ回ってきて——その姿が見えてくると、顔は最初に消えたときよりも、大人びていた。黒い小男は、ジーニアがオークの木を最初にひとめぐりするひと足ひと足を、じっと見守っていた。長い時間がかかった。

二度目、ジーニアはほとんど力尽きそうだった。ふらついたり、よろめいたりし、そのあいだじゅう、はあはああえいでいた……が、それでも歩き続けた。ちょうどあたしたちのもとへとたどりついたとき、足がくたくたとくずおれ、かたわらに倒れかかるのを、あたしはやっと身体の半分だけ支えた。ジーニアはひとことも口がきけなかった。体力はすべて呼吸することに注ぎこまれ、肩をさすってやることしかできなかった。オークの葉は激しく、憤るように揺れていた。黒い小男はすでに立ち上がり、枯葉のような顔は明らかに険しくなっていた。ダクハウンのまぶたは開こうとして痙攣していた。

長い歳月がたったように思われたとき、ジーニアがやっと口を開いた。声ははっきりしていたけれど、ふるえがひどく、枝がぴしぴし鳴っていたので、あたしは耳を澄まさねばならなかった。「ごめんね……ごめんなさい……」

「なんの話をしてるの？　姉さんはあの童謡でできるだけのことをしたじゃない――あれ以上何を望んでいたの？　どういうつもりだったの？」

ジーニアはまだ息が弾んでいて、首を振った。「違う、違う、あたしがいけなかったの。何をすればいいかわかっていたのに、できなかった――力が足りなかった。できると、思って……ああ、スーズ……！」

ジーニアは泣きじゃくっていた。父さんと同じように、まったく声を出さずに、目も乾いたまま、身体は、風のない丘のここのオークの枝々のようにふるえていた。あたしはいつものようにぎごちなく、両腕で抱きしめ、それが何だかもわからない悲しみを分け合おうとした。なぜか、それはダクハウンがあたしを抱きしめていたのに少し似ていた。

ジーニアは最後にやっと言葉を出せた。「スーズ、わかって。こうする以外、あんたをうちへ帰せるみちはなかった」顔が完全にこわばり、冷たくなり、ジーニアもそれを見てとったに違いなく、すぐにこう言った。「言ってるのはみんなのこと、つまりあんたとあの人――ダクハウン――と、あたしも入れて全員のこと。王は境界の向こうがわへ戻れと命令することはできなかった。でも、この……この〝合間の〟世界に、王の望むだけとどめておくことができたの」そこで長くかすれた息を吸って、こう言った。「これはあたしだけのせい。王を怒らせたのはあたしだから」

あたしはまじまじと姉さんを見た。「王と女王には子どもがいない。あの世界――想像どおり、はてもきりもない世界では――子どもはひとりも見かけなかったでしょ？」ほんとうに答えを聞きたいかのように、語尾をあげた。

あたしは答えた。「わからない。ここでは年齢がごちゃごちゃだから」ジーニアはこわばった笑みを浮かべ、先を続けるよううながした。「つまり、あたしよりずいぶん年下に見える人も見かけたけれど、子どもじゃない――それに姉さんくらいの年か、もう少し上と思われるひとも見かけたけれど、はっきりとはわからない」あたしはしゃべっていたが、声は思ったよりゆっくりとしか出てこなかった。「考えてみると、この場所にほんとうはどのくらいいたのか、もうわからない」

ジーニアの目はあたしの目を見つめたままで、あたしが自分でも見たくないと思っているものを見させようとしていた。できることなら目を閉じたかった。

ジーニアが淡々と言った。「あの人たちが人間から盗んでくる子どもは生きのびられない。だれも理由はわからないし、王さまでもわからないけれど、そうなの。他の子より長生きするものはいる――あたしよりだいぶ前にこっちへはぐれてきた男の子を知ってる。そう言いならわすのよ。『はぐれてきた』って……。でもその子もやっぱり死んだわ。いつも、いつもそうなのよ、スーズ」

「でも、姉さんは生きてる」あたしは声を荒らげたつもりはなかったけれど、それに近かった。「姉さんは特別なものになるはずだった！ ドリーミーのだれかれと同じように永遠に生きられると約束してもらった。そう言われたんでしょ！」言ってもしかたないことではあったけれど、あたしは姉さんの代わりに腹をたてていた。ああ、あたしの姉さんではないのだけれど。「約束してくれたって言ったじゃない。でも姉さんは決めたって――

あたしたちといっしょにうちに帰るって。同じことでしょ。あたしは――」

ジーニアにさえぎられたとき、あたしはそのことに、今にいたるまでずっと感謝したいと思った。ジーニアはほほえみかけ、あたしはそのとき、すべての疑いを乗り越え、自分が何であろうと、自分の正体が何であろうと、だれもこれほど完全にあたしにほほえんでくれたことはなかったのだと悟った。両親も、モリー・グルーも、リーア王さまも……マルカ以上にあたしから遠い存在だったジーニアだけだ。ジーニアだけがあたしに……ジーニアとあたしの足もとで死にかけている、石の友だちだけがそうしてくれた。ほほえむのは決して得意ではなかったダクハウンが。

ジーニアの声はふるえ、不安そうだったが、顔はおだやかな決意を見せていた。「あたしがどこで死んでも、そこがうちよね？　うちのことはよく覚えていなくて――母さん父さん、そして大事なスーズ、あんたのこともよく覚えていないとしても――そこはほかのどこでもない〝うち〟よね？」ジーニアはひきつった笑い声をあげ、両手を広げてあたしを見た。「そしてあんたは……あんたはひどく頑固で、石頭で、何にも目を向けなかった。あたしにも――ただひたすらあたしを探しにきた。あたしがどこに隠れていようと……」

あたしが半分くらいしか聞いていなかったのは、自分がどうしようもない馬鹿だという、長年の感じ方に落ちこんでしまったからで、それはいまでもどうしようもなく、習い性となっている。でも、ほんとうに気になっていたのは、ふたりとも父さんの短いお休みの歌を歌ったのに何も変わらなかった、ということだ。オークの葉は、何かが起こりそうな予感をかもし出して、ざわめいていたが、何も起きなかった。

木をのぼり、丘をくだり
リンゴのバター、リンゴの汁……

そう、一行目は漠然とやり方を示している――が、二行目ははっきりわかる。母さんが季節の最後のリンゴから、午後いっぱいかけてバターを作ろうとしていたときに、父さんが台所を駆けぬけ、はずみで鍋を火から弾きとばし、すべてをおじゃんにしてしまった、そのことを冗談にしているのだ。だれにもずっと忘れられない家族の歴史の一コマになった。そのときあたしはまだ生まれていなくて、やがて、それは父さんの寝る前に歌ってくれる歌の一部になっていった。

オークのまわりを三度跳びまわれ……

　オークが魔法の木だということはだれでも知っている、とさっき言った。丘で一番太いオークのまわりを一度まわるだけで、ジーニアはへとへとになってしまった。そのときはなんの変化も感じられなかったが、もし変化が、そのひとこと、〝まわれ〟にかかっているのだとしたら……

「まわれ」あたしの口が勝手に声に出した。「ジーニア、あんたは木のまわりを〝歩いて〟まわったよね。でも歌は〝跳びまわれ〟と言っている。もしも、すごい速さで木のまわりをまわったとしたら？」

　ジーニアが立ちすくみ、とまどったようにまばたきしながら、あたしを見つめていた顔は忘れられない。「でも、あれはただの童謡でしょ！　最後の行——朝の音楽、真夜中の戯れって何？　一番馬鹿げた部分じゃない！」

「語呂を合わせようとしたら、そうなる。よくあることよね。適当に合う言葉をあてはめて」あたしもそういうたどたどしい歌を作ったことはあるけれど、ジーニアに言うつもりはなかった。あたしはただ、相手の両肩をつかまえて、ゆすぶって、あたしが突然、言葉のうんと下の底に見つけたものを伝えようとした。「童謡は馬鹿げた歌なんかじゃない。ときには呪文、ときにはうちへの地図よ。でも、そこにある言葉をぜんぶ忠実にやってのけないと」あたしは息が切れていて、言葉をはっきり出すことができなかった。「聞いて、ジーニア。これは、ほんとに、ほんとに、大切なんだ。あのオークの木を三度まわって——二度じゃだめだってわかったよね——しかも木のまわりを、ある意味跳びまわらないと……」

あたしは相手の見ている前で、できるだけのことをやってみせ、やがて彼女もうなずきかけた。「ジーニア、あたしは、自分が正しいかどうかいつもわからないんだけれど、今度はわかってる。今度だけは絶対に！」

でもそれは無理だった。言葉を口から出しながらも、自分でわかっていた。なぜなら、ジーニアはちゃんと立ち上がることもできず、オークのまわりをまわるどころではなく、オークに対しても腹をたてていたから。あたしは、あの葉っぱの下の向こう側に何が待っているか不安だったし、ダクハウンだけを残してゆくのも気がかりだった。黒い小男がその死を見届けようと待っているのだ。というか、何より恐れていたのは、彼女が最後に目を開けたとき、あたしがいないとわかることだった。でも他に道はない。みんなでうちへ帰るのなら。けっきょく、選択肢はひとつもなかったのだ。

あたしはダクハウンの顔に身をかがめ、黒い小男に聞かれないように言った。「行かなきゃ。やらなきゃならないことがあるの。でもすぐ終わる。待っていて——すぐ戻るから」もう少し言いたいことがあったが、どう言っていいかわからなかった。「あたしぬきで、どこかへ行かないでよ」と言って、あたしは立ち上がった。

　黒い小男は立ちふさがろうとしたが、あたしは、彼も木にすぎないかのように、そのわきをすりぬけた。それ以上じゃましようとはしなかったが、何か、あたしの聞きたくないことを言った。彼なんかどうでもいい。あたしは深く息を吸い、自分で何かを言い、駆け出した。

　違う、そうじゃないけれど、うまく説明できない。何が教えてくれたのかわからないけれど、オークのまわりを〝跳びまわれ〟というのは走ることそのものではない、ということはわかった。〝跳びまわる〟は現実の走りと、早歩きの中間の何かで、速さよりもリズムに関係がある。身体の腰や膝で感じなければならず、それは教わるものではなく、だれからも学べない。ダクハウンの動き方を見覚えていたとおりに、あたしは一本のオークをまわりだしたが、それは正確ではない気がした。あたしは一瞬、軽く背筋をオークの木に押しつけた。そして跳んだ。

　最初の一周はやさしかった。葉はあたしの顔をかすめ続けたが、ほかにあたしを妨げるようなものはなかった。あたしはなめらかに楽なリズムで動いて、太い幹にちょっと身をあずけ――完全にではないが――毎回、それをはじくようにして、歩き続けた。それ以上うまく表現できないが、人生で初めて、あたしは自分が何をしているかわかった。人生で初めて、あたしは……自分に自信が持てた。

でも二度目。

ジーニアが一周目にどんな目にあったかわかっていたけれど、それに対して準備できることはなかった。幹をまわり続けて、そのつど足首をこすりつけていったが、ジーニアと同じくらいできたかどうか。葉がばしばしと顔を打ち付け、たえずひっかかれ、半ば埋まったどんぐりにつまずいたり——さっきまでそこになかった、こぶこぶのねじまがった貪欲な根に足をとられて、リズムを崩しかけたり——したが、それが問題なのではなかった。問題は声で、それははっきり聞き取れないが、頭のまわりの葉の中でささやき続け、しゃべり、吠え、たえずものほしげに浅ましく叫ぶので、ひたすら耳を貸さないようにするしかなかった。最初は、よこしまな小さな赤帽子の妖精が古いオークをむしばんでいるのかと——父さんがよくそう言っていた——思った。でもその声は別もので、違う邪悪さを持っていた。

歩き続けよう——つかのまでも息を継ごうと足を止めたら、おしまいだ。どうしてそれがわかったのか、言えないけれど、とにかくわかった。

ぜいぜい言いながら、オークの三周目にかかったとき、一度だけダクハウンとジーニアのほうに目をやることができた。荒々しく葉が揺れて、ふたりをひと目見るのがやっとだったが、ダクハウンは身を起こして座ろうとし、ジーニアはかがんで、腕をその肩にまわして支えようとしていた。それからすべてが消え、何もかもがなくなり、声と風だけになった。というか声は風そのもので、その疾風がひと足ひと足を押し返して、あたしを転ばせようとし、小枝や大枝がパチパチ鳴って、つかみかかろうとしていたが、あたしは倒れちゃいけない、絶対、絶対、絶対に。すべてはあたしにかかっている。あたしのまぬけさ、あたしの人生でしでかした馬鹿なことすべて、自分は泳げると知っている浅瀬で、まさかマルカを溺れさせかけてしまい、あやうくマルカに助けられたことから、父さんから逃げ出して考えたくもないあの四人の男たちに出くわしたこと、そのときには助けてくれるマルカがいなかったことにいたるまで。絶対、絶対に倒れてはいけない。あたしはただの犬、マルカと同じ籠に入った犬、風が吹いても、倒れたらおしまい、あらゆる馬鹿なこと、馬鹿な馬鹿なあたし、〝死神〟を求めていた哀れな石のダクハウン、馬鹿な馬鹿なあたしと一蓮托生になってしまった彼女……

そのとき、すべての風がやみ、あたしはばったりとうつ伏せに倒れて鼻を打ち、ようやく起き上がると、そこは〝うち〟だった。

あたしたちは、うちにいた。

12

黒い小男はまったく不満そうだった。

あいかわらずダクハウンの肩に乗っていて、たえずぶつぶつとその耳もとにささやき続けていたが、彼女は虫が止まっているほどにも気にかけていなかった。そう、ときどき、少しばかり径をそれることはあったが、よろめいたりはしなかった。頭をそびやかし、色の薄い目は澄んでいて、あたしはじゃまにならない程度にそばを歩いていた。ジーニアが万一に備えて、反対側を無言で歩いていた。ダクハウンは約束どおり、あたしたちといっしょにうちへ帰るのだ。

〝死神〟も声を届かせづらかっただろう。というのは、あたしがどんな口うるさいドリーミーよりもたえずダクハウンに話しかけ続けていたからだ。「ねえ、ダクハウン、ほら――狐の家族が毎年冬に使っている木があれだよ。それに、前に話したけど、大火事があそこであって、家が焼けちゃうところだった……あの重なった岩はウィルフリードがよく、あたしをおだてて登らせようとしていて、一度うまくやれたんだけど、はずみで足を折っちゃった……」何もかもが、覚えているとおりにそこにあって、口が止まらないのは、ダクハウンにもすべてを一気に知ってほしかったからだ。「ほら、あそこは鍛冶屋のとこにやってきた親戚の男の子たちと盛大に泥パイの投げ合いをした場所だよ。母さんはあたしにおかんむりで……ほら——見えたら、あそこだけど——あの暗いところが〈闇の森〉でグリフィンがいたんだ……」まるでドリーミーのようにのべつまくなしにしゃべり続けた。

　でも、そうしながら、あたしはたえずジーニアのようすを横目でうかがっていた。かりにあたしの姉さんでないにしても、わが家の本物の娘で、あたしの知ってるような子ども時代をほとんどなくしてしまっているから、それについては、まるで自分がそれを盗んでしまったような、つらい申し訳ない気がしていた。つじつまの合わない話だけど、いったい何がつじつまが合うの？　ジーニアは四方八方、ありとあらゆるものに目を配っていた——あたしもまだ会っていない春生まれの羊の牧場、疲れたようすのミヤマガラスがまた騒々しく巣を作っているさま、毎年冬——北から狼がやってきた最悪の冬以外——に羊を追い立てていっていた丘のふもとの牧草地。それにあたしの——あたしたちの——うちについて、話をしたかった。ダクハウンにしゃべりまくったのと同じようにだけれど、ダクハウンにはぜんぶ聞いている時間はなかった。だからあたしは——そう、当然だが、急いでいた。当然、急いでいたのだ。

最後の数日、ダクハウンはやっといろいろなものが洗い流されて自分自身になったように見えた。人間ふうなところがいまではすべてはがれ落ちて、それは蛇が脱皮したのとは違って、獣が冬眠のあいだに変化して春にはまったく別の生き物に生まれかわるのと似ていた。蝶のように。あたしの友だちのように。あたしのダクハウン。

目はあいかわらず、見えているものを映すだけで、何も語ることはなかった。でもそれ以上に……そうそれ以上のものがあって、ダクハウンを知らなければ、彼女の真の姿がこうだったのだと気づくことはなかっただろう。いまだにまとっている古ぼけた農作業の上っ張りの姿は馬鹿げて、というか道化のように見えたが、それは石の皮膚そのものが、あたしが今までの人生で見たことがなく、これからも見ることがないだろう美しさだったからだ。

日盛りの夏の川のように動き、自分がどこに向かっているかをよくわかっていて、まさにいるべきところに、つまりあたしのそばにいた。その手を取ろうとすると、その指のがさがさの悲しみがあたしの指にこすれ、あたしは思いっきり強くその手を握った。

それでも、彼女は死んだのだ。愛らしい石の顔に一瞬軽い驚きの色を浮かべて、あたしをふりむいた。「あそこ……あなたをうちへ連れて帰ってあげると言ったわね、スーズ」

そしてそのとおり、連れて帰ってくれて、母さん父さんがこっちへやってきて、これだけ留守にしていたあとでは、なんと小さな家に見えたことか、ふたりはこけつまろびつしながら走ってきて、ダクハウンがささやいた。「さあ、うちへ、スーズ」と、あたしの手を放した。

最後に彼女はひどく重くなっていた。倒れたとき、その響きで世界がふるえた。

その身体の上にたちはだかった黒い小男に、だれかが気づいたとは思えない。あたしがダクハウンの目を閉ざすのをじゃましたりせず、からかうようなあの表情もしなかった。あたしが彼女の顔をなで、ぎごちなく額にキスをしたときも、そして彼女が立ち上がったとき、その魔法の精霊の姿で静かに立ち上がったとき、あたしだけがそれに気づいたのだ。いや、小男は気づいたが、あたしを待っていてくれた。

いつものようにあたしが見落としたものはたくさんあった。目をしばたたいていたからだ。父さんが、ジーニアのことを今にも死にそうな相手のように抱きしめ、母さんはあたしといっしょにダクハウンの身体のそばにひざまずいて、大きな悲しみとなまなましい感謝で激しく涙を流していた。それから母さんはやっとこっちを向いて、長いことあたしの顔に見入った。何を言われたか覚えていないけれど、ただこれだけは聞こえた。「おまえが何者でもかまわない、おまえはわたしのもの。聞こえる？」

そうして両腕をあたしに投げかけた。その肩の向こうに、黒い小男が道をはるかにくだってゆき、ダクハウンもふりかえりながら、いっしょに去っていくのが見えた。あたしはそっちのほうに手をのばし、前に言ったのと同じことを言った……そのとき、不思議なあの言葉がどこからか、そう、どこからか、やってきた。「お日さまがあなたの道を照らし……」あたしはそれも言った。そうして、彼女はあたしにほんとうににっこりしたのだった……

やがて、ダクハウンと小男はいっしょに消えてしまったが、次の瞬間、あたしはドリーミーの女王がたったひとりでその道に立って、例の不思議な喪失感をたたえた眼でジーニアのほうを見つめているのを見た。でもジーニアは決してそちらを見なかった。父さんに強く抱きしめられていたから。やがて女王も姿を消し、みんないなくなって、やがてあたしたちはいっしょにうちに帰っていった。

でもあたしはその晩、大事なことだと思ったから、ジーニアにドリーミーの女王の話をした。自分をいつまでも変え続けるものたちのことは、忘れることができない。自分が心を決めて、彼らのことを忘れようとしても、向こうは絶対に忘れない。永遠に、自分たちのものだと思っているのだ。彼らが何であるにせよ、どこにいるにせよ、何者であるにせよ。そう、何者であるにせよ。

謝辞

私には完全に心を許しあう多くの仲間がいるが、大昔からの友だちはごくわずかだ。その友だちというのは、午前二時に電話することができるような相手、少なくともだれかが自分が何者かを知っていてくれるのだと確かめたいときに電話して、そんなことをしてもやっぱり愛してくれる相手だ。その短いリストにあるのは……

キャスリーン・ハントは私の弁護士、大切な友だちで、堅牢な永遠の障壁で、私を永遠の真夜中の恐怖から守ってくれる存在だ。自分が何をするにせよ、これまでどうやってそれをやっていたのか思い出せない、という恐怖からである……

デボラ・グラビエンは正しい言葉、フレーズ、表現、筋の緩急、キャラクターを完全に正確な場所に置くことに関しては、かつても、そしていまも、私がそうでなければよいと思うほど、恐ろしいほど正確だ……

ジェシカ・ウェイドは『最後のユニコーン　旅立ちのスーズ』の編集者で、その若さに似合わない知恵の持ち主だ。

そしてハワード・モーヘイムはエージェントで、老いた私に遅ればせながらあらわれた驚異の存在である。いつも驚き、感動するのだが、ハワードはあらゆることに収拾をつけ、驚くべき取引を結んでくる。もしも彼がサタンとさえ契約を結んでいたとしたら、私は何がなんでも彼を金で取り戻す。彼が私にもそうしてくれると信じているからだ。

訳者あとがき——ファンタジイの潮流の中で

ピーター・S・ビーグルは不思議な作家である。寡作でありながら、ごうごうととどろき流れるあまたのファンタジイの中ほどに、ぽつねんと白い小島のように、「ふと」浮かんでいる。そしてほのかにねじれたその後味の後ろには——私の空耳か——慟哭のように、忘れ得ぬ夢の残滓のように、ひとつの音叉の音がまつわっている。

とりあえず小説、コミック、映像、舞台を含め、現在のファンタジイ世界の地図をおおまかに眺めてみよう。ゲーム的な架空世界におけるヒーローvs悪という構図が、依然として主流であるように見える。つまり、二つのものの相克と対置がドラマの起爆力となる。

それは〈ファンタジイ小説〉の創始者J・R・R・トールキンの直系の遺産と呼ぶべきものなのかもしれない。

しかしこの主流以外の（特に二十一世紀ならではの）ファンタジイに目を向けてみるならば、どのような状況が見えてくるのか。

作家にして編集者フィリップ・マーティンが『ファンタジイ文学ガイド』（Martin, Philip. *A Guide to Fantasy Literature*, 2009）の三章で、現代ファンタジイの分類を試みている。彼は全体を五つに大別する。

第一がハイ・ファンタジイ。トールキンの『指輪物語』（一九五四－五五）を典型とするような、巨大な世界観の中に登場人物が巻き込まれ、善とは何か、悪とは何か、どう行動することが、世界にとって正しいのかを探求する、倫理を主題に持つ物語である。

第二はアドベンチャー・ファンタジイ。代表として、マーティンがあげているのは〈コナン〉シリーズ（R・E・ハワード）を嚆矢とする、ヒーローの冒険物語である。彼らは『指輪物語』のアラゴルンのように大義に身を挺しているわけではなく、ただサバイバルと自己高揚の喜びのために活動している。連作になることが多いが、世界観を構築するというよりも、一過性の冒険と成功、心地よい達成感を目指す。

第三がフェアリー・テイル・フィクション。八〇年代ごろから台頭してきた女流ファンタジイ作家タニス・リーやジェイン・ヨーレンが好んでテーマとする、グリムやペローのおとぎ話の読み替え、パロディ化、再解釈である。

第四がマジック・リアリズム。ボルヘスの『伝奇集』（一九四四）やガルシア・マルケスの『百年の孤独』（一九六七）に代表される、ラテン・アメリカの風土が生んだ文学であり、マーティンはこの項目にジョナサン・キャロルや村上春樹の小説までも加えている。

第五はダーク・ファンタジイ。例えば二〇〇五年に第一作が出た〈トワイライト〉シリーズ（ステファニー・メイヤー）など、怪物や異形が伝統的に認知された世界が、現実の一画に存在し、それ以外の人間との対決や秩序混乱、あるいは人外《にんがい》との恋愛（パラノーマル・ロマンス）がテーマとなる。伝統的なゴシック・ストーリー（幽霊譚）や、〈ゴーメンガースト〉シリーズ（マーヴィン・ピーク、一九四六－五九）もこの分類に属する。

さて、そうなると――ピーター・S・ビーグルはこの分類のどこに属するのだろう。

実は風間賢二氏が一九九八年に、ビーグルの作品は「マジック・リアリズムだ」と看破していた（ビーグル『ユニコーン・ソナタ』解説）。

最初にこの発言を読んだときには、いまひとつ腑に落ちなかったのだが、マーティンの五分類を読むと、なるほど「マジック・リアリズム」という括りは正しいと納得がいった。

通常のファンタジイでは、現実と何らかの異世界が、対置、拮抗させられるが、マジック

・リアリズムにおいては、二つがシームレスに融合している。

善悪のみならず、現実と夢、物語と歴史、物理的事実と形而上学的真実の境があいまいになり、ぼやけてゆく。抽象的思考が急に実体を得たり、触れることのできないものが目に見える形を取ったりし、しかもそこからは、不安な「不条理」感が拭《ぬぐ》われている。極端な例だが、カフカの『変身』もマジック・リアリズムであると、マーティンは言う。

このタイプは、現実を問い直したり、批評したりする「対置」型ファンタジイとは違い、「ただ、そうなんだ」と読者は深い安らぎを胸にかかえて、その一元的世界の中に入ってゆくことができる。それが自分の知る現実とどう異なるか、なぜそうなのか、と、不信や疑問を抱くこともない。なめらかな、そうあるべきである世界が、そこにある。

風間賢二氏は同時に、モダン・ファンタジイの二大潮流として『ゲド戦記』のル・グィンと、このビーグルをあげていた。つまり「異世界冒険ファンタジイ」と「マジック・リアリズム」である。

これに先述のマーティンの言う「ダーク・ファンタジイ」群を加えると、ほぼすべての現代ファンタジイが網羅できよう。「ダーク・ファンタジイ」の源流が、叙事詩『ギルガメッシュ』や『ベーオウルフ』に登場する怪物の神話にあるとすればなおさらである。

今回の訳出にあたり、『最後のユニコーン』や『ユニコーン・ソナタ』をふりかえってみると、いかにビーグルが、この、マジック・リアリズムが溶け合わせようとした〈境〉――現実と夢想、事実と魔法、伝説と召喚の間のゆらめき――に、こだわっているかを私は再認識させられた。二つを隔てる〈境〉は、自分の意思では超えられない。魔術師シュメンドリックは自分の中の「魔法」に触れられずにいるために、永遠に年を取らない。ふと浮かぶ心の中の想念は、リーア王子にこんなふうなレトリカルな姿勢をとらせたりする。

　アマルシア姫は、王子に微笑んだ。ハガード王の城にとどまるようになってから、はじめてのことだった。それはほんのかすかな微笑、まるで新月のような、目には見えぬものを縁どる細い光の線。けれども、リーア王子は、それで暖をとろうと、身を傾けた。（『最後のユニコーン〔新版〕』二七六－七ページ）

光の線から暖をとる。現実とその奥の世界のあいだに吊されたベールを無造作に剝ぐような、こうした表現があちこちにちりばめられていて、それは「メタファー」ではない。メタファーは何かを言いたいために存在するものだが、引用したようなフレーズは、まさしくマジックとリアルが溶け合った界面を一瞬だけ垣間見せるためにある。この界面のきらめきにせまること、その〈境〉を見せることのために、物語は書かれている。

その〈境〉はふだん曇らされており、『最後のユニコーン』の赤い牡牛や、『ユニコーン・ソナタ』の大老と呼ばれるユニコーンたちが盲目であるのはそのためであろう。くっきりと見えるものは、逆に名指されてしまい、「だれにもなんにも説明しないでいい」(『ユニコーン・ソナタ』の祖母《アブエリータ》、同書一七一ページ)劫初の平安の状態から外れる。人間のアマルシア姫になってしまったユニコーンには、ユニコーンが見えなくなり、モリーは「人間というものが、世界中のすべてのユニコーンを見るためには造られていないということを理解するには十分なだけ、賢かった」(『最後のユニコーン』三五七ページ)。

見ることを超えてゆらぎあうものどうしがつながりあう。比喩と感得が同じものになる。〈境〉を超えた老女《アブエリータ》と、黒いユニコーンであるシンティ卿は「われわれはお互いを夢見ていた」(『ユニコーン・ソナタ』一六〇ページ)と言い交わす。彼は「たそがれとあかつきの生き物、薄明と影の生き物で、厳然と存在してはいるのに、すみずみまではっきりと目に見えるということはなかった」(同前)。が、ごくたまに二つの世界それぞれの夢が接触しあう。

読み返しながら改めて思ったのは、音楽のみが超えることのできるという〈境〉の設定自体がファンタジイなのではないということだ。

ビーグルがあちこちで、ふと、あらぬ思念の底に落ち込むような、現実の重力がねじれるような、不思議な表現でもって書いているのは、一方が一方を形容する「メタファー」ではなく、双方向の「マジック」が触手をふれあわせて顕現したその瞬間であり、それこそがビーグルのファンタジイなのである。

ここで本書『最後のユニコーン　旅立ちのスーズ』連作について述べておこう。前半部の「二つの心臓」は『最後のユニコーン』（一九六八）の続篇として二〇〇五年に書かれている。村を襲う怪物グリフィンを退治してもらおうと、九歳の少女スーズは老王となったリーア王のもとへ向かう。乙女を救うために立ち上がるのが、「勇者」の定めであり、シュメンドリックやモリーはそのことを忘れてはいないが、現実の王は「老人」と「怪物の夢」のぶつかりあう〈境〉の亀裂に落ち込み、「勇者」は失われる。それを回復するのは、癒しの角を持つユニコーンのみである。

癒しの角は、現実とその彼方の断絶をふたたび継ぎあわせる。『ユニコーン・ソナタ』ではこの角は楽器となり、彼《か》の地の至福の音楽を内部に抱え込み、それを吹く少女につかのま〈境〉を超えさせる。今作では村の幼い少女が主人公だが、初めてユニコーンを見たとき、彼女はあらざるものに触れる。この生き物はまったく馬とは違い、「雪のひとひらが牝牛に似ていないくらい、似ていない」。存在と非在が一瞬にお互いをかすめあう表現。

ユニコーンは後半の物語には登場しないものの、私にはむしろ、後半のほうがさらにビーグルらしく感じられた。妖精郷に誘いこまれた幼い姉を探して、十七歳になったスーズが未知の世界に旅立つ。そこにはもはや物理的な現実はひとかけらもなく、現実を思い起こさせる記憶の断片もあいまいとなり、妖精の姿も不明瞭な見え方しかしない。そこを行くスーズと、石でできたもうひとりの少女が旅をともにする。ユニコーンという羽毛のような存在に、心の目を凝らしつづけたビーグルは、今度は「石」に深く沈潜し、集中する。

こちらの舞台は妖精郷という次元の違う世界であるため、ビーグルは、ことさら丹念な、細かな分刻みで、その様相を描写し続ける。たえまなくうつりかわる風景、あいまいな迷路のような地図、記憶のほつれ。小さな人たちの世界では、時間はこのように恍惚と流れているのか。恍惚と不安は、この夢の密度の中では緊密にひとつである。

さらに、その空気の中に溶け込むことのない「石」そのものとして、少女ダクハウンは存在し、スーズにとって謎であるように、また本人にとっても最後まで解けない謎であり続ける。物語に回収されることなく、私の心の辺縁にたたずむ不可思議な存在だ。

ピーター・S・ビーグル（一九三九―）はニューヨーク生まれ、十九歳で書いた『心地よく秘密めいたところ』でデビュー、寡作ながら小説のほか、オーディオブック、アニメや映画の編集も手がけ、『風のガリアード』でミソピーイク賞（一九八七）、本書収録の「二つの心臓」に対してヒューゴー賞（二〇〇六）、ネビュラ賞（二〇〇七）を、および作家としての業績に対して、二〇一一年に世界幻想文学大賞生涯功労賞を受賞している。

現在読むことのできる邦訳書について触れておこう。

・『心地よく秘密めいたところ』（一九六〇）山崎淳訳（創元推理文庫、一九八八）
・『最後のユニコーン』（一九六八）鏡明訳（ハヤカワ文庫、一九七九、ただし原書二〇〇七年ヴァージョンは金原瑞人訳〔学研、二〇〇九〕。未訳を含めた著作一覧がこの訳書の巻末に載っているが、『最後のユニコーン』については、訳書の刊行以降にさらに最終ヴァージョン *The Last Unicorn: The Lost Journey*〔2018〕が出版されている）
・『風のガリアード』（一九八六）山田順子訳（ハヤカワ文庫、一九九二）
・『ユニコーン・ソナタ』（一九九六）井辻朱美訳（早川書房、一九九八）

そして原書一九六八年版の鏡明訳『最後のユニコーン』の新版がこの二〇二三年、装丁もあらたに出版された（ハヤカワ文庫）。

異常気象の夏、窓外にはユニコーンの存在のように白すぎる雲が流れている——

訳者略歴　東京大学大学院人文系研究科比較文学比較文化専攻修了，白百合女子大学教授，歌人，作家，翻訳家　著書『ファンタジーを読む』他多数　訳書『ユニコーン・ソナタ』ビーグル，『銀色の恋人』リー，『メルニボネの皇子』ムアコック（以上早川書房刊）他多数

HM=Hayakawa Mystery
SF=Science Fiction
JA=Japanese Author
NV=Novel
NF=Nonfiction
FT=Fantasy

最後《さいご》のユニコーン　旅立《たびだ》ちのスーズ

〈FT621〉

二〇二三年十月 二十 日　印刷
二〇二三年十月二十五日　発行
（定価はカバーに表示してあります）

著者　ピーター・S・ビーグル
訳者　井《い》辻《つじ》朱《あけ》美《み》
発行者　早川　浩
発行所　株式会社　早川書房
郵便番号　一〇一 - 〇〇四六
東京都千代田区神田多町二ノ二
電話　〇三 - 三二五二 - 三一一一
振替　〇〇一六〇 - 三 - 四七七九九
https://www.hayakawa-online.co.jp

乱丁・落丁本は小社制作部宛お送り下さい。
送料小社負担にてお取りかえいたします。

印刷・精文堂印刷株式会社　製本・株式会社フォーネット社
Printed and bound in Japan
ISBN978-4-15-020621-5 C0197

本書は活字が大きく読みやすい〈トールサイズ〉です。